绰号里的廉政故事

张壮年　高乐雅 编著

山东画报出版社

图书在版编目（CIP）数据

绰号里的廉政故事 / 张壮年，高乐雅编著. —济南：山东
画报出版社，2018.11

ISBN 978-7-5474-2734-7

Ⅰ.①绰…　Ⅱ.①张…　②高…　Ⅲ.①历史故事—作品集—
中国　Ⅳ.①I247.81

中国版本图书馆CIP数据核字（2018）第079034号

绰号里的廉政故事

张壮年　高乐雅 编著

选题策划　傅光中
责任编辑　姜　辉
装帧设计　王　钧

出 版 人　李文波
主管单位　山东出版传媒股份有限公司
出版发行　山东画报出版社
　　　　　　社　　址　济南市市中区英雄山路189号B座　邮编 250002
　　　　　　电　　话　总编室（0531）82098472
　　　　　　　　　　　市场部（0531）82098479　82098476（传真）
　　　　　　网　　址　http://www.hbcbs.com.cn
　　　　　　电子信箱　hbcb@sdpress.com.cn
印　　刷　山东新华印务有限责任公司
规　　格　150毫米×228毫米
　　　　　　6.75印张　68幅图　250千字
版　　次　2018年11月第1版
印　　次　2018年11月第1次印刷
印　　数　1–4000
书　　号　ISBN 978-7-5474-2734-7
定　　价　36.00 元

如有印装质量问题，请与出版社总编室联系更换。

目录

第二部分　绰号里的贪官故事

清官、贪官，绰号里都有故事

　　绰号是对一个人的外貌、性格、品行、业绩等方面主要特征的高度概括，生动传神，蕴含丰富，诙谐幽默，易记易传，具有很强的生命力。

　　对于官员来讲，不管是清官还是贪官，绰号的背后都有故事，只不过，清官绰号里的故事让人感动、敬佩、赞美，而贪官绰号里的故事则让人憎恨、厌恶、恼怒。

　　唐代名相宋璟有一个"有脚阳春"的绰号。宋璟关心百姓疾苦，时时将百姓放在心上，所到之处总是想方设法为百姓办实事、办好事，给百姓带来实惠，人们感激他，所以给他起了个"有脚阳春"的绰号，意思是说，他所到之处，犹如和煦的春光普照万物，给人带来温暖和幸福。这是百姓对他发自内心的赞美和爱戴。

　　清官的绰号让人感到亲切可敬、贪官的绰号则大不一样。

　　唐朝奸臣、贪官李义府，表面显得很温恭，与人说话总是和颜悦色，带着微笑，但心中却怀着鬼胎、心狠手辣，有人只要和他稍有不合，他就马上设法陷害。为了敛财，他卖官鬻爵，人说他笑中有刀，为他起绰号为"笑中刀"，说他用软刀子杀人，"柔而害物"，称他为"人猫""李猫"。

近代军阀张宗昌，绿林出身，在军阀混战中，招兵买马，抢占地盘。张宗昌在地方上，横征暴敛，抢夺财物，残害百姓；在生活上，奢靡无度、广娶妻妾。到头来，连他自己也不知道自己有多少兵、多少钱、多少老婆。为此，百姓送他一个"三不知将军"的绰号。

清官的绰号，留给人民的是感动和赞美，留给清官自己的是受人尊敬、流芳千古。

贪官的绰号，留给人民的是憎恨和厌恶，留给贪官自己的是受人唾骂、遗臭万年。

第一部分　绰号里的清官故事

桃李不言，下自成蹊的"飞将军"李广

李广是西汉的名将，陇西成纪（今甘肃省天水市秦安县）人。其先祖李信是秦朝的名将。李广作为名将之后，武艺高超、作战勇敢、胆略过人。

一次，李广去山中狩猎，发现远处卧有一虎，他随即张弓搭箭，一箭射去，却发现那虎纹丝不动，走近一看，原来是一块巨石，而那箭镞，竟深入石中。

西汉初期，边境常受匈奴侵扰，战斗经常发生。

李广在与匈奴的一次交战中，不幸被俘，匈奴兵将他兜于两马之间。李广卧在兜中佯装死去，当他发现身边有一匈奴兵骑着一匹良马时，瞅准时机，突然一跃而起，跳到那匈奴兵的马上，将那匈奴兵推下，纵马而去。数百匈奴兵拼命追捕，竟没有追上。匈奴兵对此极为惊叹，视为神奇，称他为"飞将军"。"飞将军"之名从此威震四方。

李广在抗击匈奴入侵的战斗中，功勋卓著，为保卫边疆立下了汗马功劳。李广从年轻时就参加抗击匈奴的战斗，与匈奴交战七十多次，几乎参加了所有抗击匈奴的战争。在战斗中，他总是冲锋在前，出生入死，匈奴人对他畏之如虎，称他为"战神"。匈奴只要听说是"战神""飞将军"率军前来，无不胆战心惊，望风而逃。

李广不仅作战勇猛，而且爱兵如子。在战场上，有水，士兵不喝，他不靠近；有饭，士兵不吃饱，他不尝一口。得到赏赐，则全部分给部下和士兵，从不独自享用。因此，李广很受士兵爱戴。

李广为人清正廉洁，不善言辞，虽一生功勋卓著，但始终得不到提拔和重用。但这并没影响他的斗志，直到60多岁时，他还请求带兵出塞进击匈奴，但这次出征却因中途迷路，没能及时与大军会合，按当时法律，要受审，李广不愿受其辱，遂拔剑自刎。

一代名将死于自刎，实在令人惋惜、感叹！但历史从没忘记这位为抗击匈奴、保卫边疆做出杰出贡献的西汉名将，尤其是他那"飞将军"的美名，更是千古流传。直到近千年之后的唐朝，著名诗人王昌龄还在《出塞》一诗中赞叹他的英勇和功绩。诗中写道："秦时明月汉时关，万里长征人未还。但使龙城飞将在，不教胡马度阴山。"那"龙城飞将"就是当年驻军卢龙城的"飞将军"李广。

深受人们尊敬和爱戴，有"战神"和"飞将军"之称的李广。

司马迁写《史记》时，还专门为他写了列传。列传中高度赞扬了他的功绩和品格，并用"桃李不言，下自成蹊"来赞美他。这个成语是说，桃树、李树不向人打招呼，但因为有芬芳的花朵和甜美的果子，树下还是走成了一条路。李广不善言，但他对国家的忠诚，抗击匈奴的功勋，保卫边疆的杰出贡献和他高尚的人格，却深深地感动了人们，自然会受到人们的尊敬和景仰。李广自刎的消息传出后，"广军士大夫一军皆哭。百姓闻之，知与不知，无老壮皆为垂涕"。全国上下，军民自发悼念他。这是何等的感人啊！真英雄永远活在人们心中。

挑战权贵的"强项令"董宣

　　董宣，字少平，陈留圉（今河南杞县南）人，是东汉初期刚正不阿、敢于向权贵挑战的一位著名官员。

　　董宣博学多识、为官清廉，深得光武帝刘秀的赏识。他曾任洛阳令。洛阳作为国都，居住着不少皇亲国戚，也聚集着许多无赖子弟，很难治理。董宣做洛阳令时，光武帝的姐姐湖阳公主的家奴白天杀人，衙役准备将之抓起来治罪，但因他躲在公主家中，衙役不好去抓。董宣便在公主出行时，到夏门亭等待，拦住了公主的车驾，以刀画地，大声指责公主的过错，喝令家奴下车，将其绳之以法。湖阳公主非常恼怒，回宫之后，向光武帝诉说她当众受辱的情况。光武帝大怒，立即召董宣入殿，准备将其杀了，为湖阳公主出气。董宣慷慨陈词，说服了光武帝。光武帝让董宣给湖阳公主磕个头认个错就算了，可董宣却宁死也不给公主磕头认错。内侍把他的头往下按，他用手使劲地撑住地，挺着脖子，就是不低头。公主看到这种情景，愤愤地对光武帝说，你没当皇帝前，也曾藏过逃亡和犯了死罪的人，那时没有衙役敢上门去抓。现在你做了天子，你的威严还惩治不了一个小县令吗？光武帝笑着说，天子和百姓不一样啊。最后下令将董宣带了出去，不仅没治他的罪，而且还赏给他三十万钱。于是人们便给董宣起了一个"强项令"的绰号，"项"是脖子、"强项"就是硬脖子，硬挺着脖子，不向权贵低头，这就是"强项令"典故的由来。这个典故广为流传，并载入了史册，两千多年来一直为人们所传颂。

董宣

董宣不畏权势，敢于抗旨，不向公主认错的做法，令他名声大震，这也使京师的豪强为之战栗，将其视为身边的一只虎，再也不敢胡作非为，还给他起了一个"卧虎"的绰号。洛阳在他的治理下，社会安定、百姓安居乐业。当时有歌谣赞道："枹鼓不鸣董少平。"

董宣还是一位清官，他任洛阳令五年，却家无余物。去世时，皇帝派使者到其家慰问，只见他的尸体用布覆盖，家中只有大麦数斛。皇帝听说后很伤感地说："董宣廉洁，死乃知之。"

千古流芳的"四知先生"

杨震是我国东汉时期著名的经学大师，也是我国历史上有名的清官，因此，他获得了两个千古流芳的绰号，"关西孔子"和"四知先生"。

杨震，字伯起，弘农华阴（今陕西潼关）人，他的父亲就是一位博学多识之人。杨震继承了父亲的学术传统，自幼刻苦好学，"明经博览，无不穷究"，他长期隐居湖城，潜心研究学问，经过几十年的努力，他在经学方面取得了很大的成就，名声很高，备受推崇。杨震学识渊博，且道德情操高尚，他隐居数十年，州郡多次礼聘，他都加以拒绝，直到年近五十才出仕于州郡，人们称之"晚暮"。为官时，又以清廉刚直闻名。故有人将他与圣人孔子相比，称他为"关西孔子"，当时函谷关以西称关西，杨震是华阴人，华阴正处在函谷关以西。"关西孔子"这是人们对他学识和道德品质的最高评价。

杨震的"四知先生"绰号缘于他与学生的一次相见。

在他赴任东莱太守时，途经昌邑县，县令王密正是他提拔的学生。王密听说恩师来了，便在一个夜晚赶到驿馆谒见，见面后，王密感谢老师的教导和提拔，并从怀中取出黄金馈赠老师，杨震看到后，对王密说，我是了解你的，你怎么不了解我呢？这实际上是在婉转地批评王密，可王密却认为这是老师故做姿态。于是，进一步说，夜深人静不会有人知道这件事的。这时杨震真的生气了，反问道，天知、神知、我知、子知，怎么能说无人知道呢？王密见状，大为惭愧，也更加敬仰自己的老师了。后来，人们根据此

杨震

事给杨震起了一个"四知先生"的美名，还在昌邑建了一座"四知台"纪念他。

杨震的"四知"拒贿故事，影响深远，人们将他视为清官的楷模。他"四知先生"的绰号更是千古流传，直到清朝，诗人薛暄还赋诗赞美他："人间无处不天公，却笑黄金馈夜中。千载四知台下过，马头犹自起清风。"

杨震始终以"清白吏"为座右铭，不仅自己为官清廉，对子孙的要求也十分严格。他的子孙都与平民百姓一样，生活十分简朴，亲朋好友劝他为子孙后代置办些产业，杨震坚决不肯，他说："让后世人都称他们为'清白吏'子孙，这样的遗产难道不丰厚吗？"将"清白吏"视为传家宝，视为丰厚的遗产，让子孙作为家风传承下去，这种精神和胸怀令人敬佩。

杨震正直忠烈，敢于直谏，晚年遭奸臣诬陷，被昏庸的汉安帝下诏遣回原籍。杨震悲愤激昂，恨奸臣祸国而不能诛杀，便在回归故里的途中服毒自杀了。死前还专门嘱咐儿子，待他死后，用杂木

做棺材，用粗布做寿衣，既不要送他回祖茔，也不要设祠祭祀。

　　杨震去世后一年，汉顺帝即位，为清廉刚直的杨震平了反，并以隆重的礼仪改葬杨震于华阴潼亭。如今杨震墓地所在的村子已被人改名为"四知村"。当地政府还于1909年建了一座杨震公祠，以示纪念。

美名千古传的"一钱太守"刘宠

　　"一钱太守"是东汉时期刘宠的绰号。这个绰号传颂了两千年，至今仍受人喜爱。

　　刘宠，字祖荣，今山东烟台牟平人，是我国历史上著名的清官。他任会稽郡（今浙江绍兴）太守时，为官清廉、关爱百姓、政绩卓著，深受人民爱戴，后升职赴京城做官。离任时，会稽郡的百姓纷纷前来送

"一钱太守"刘宠

行，几位长者代表全郡百姓，每人带来一百钱给他路上买酒喝，刘宠不收，几位老人坚持要他收下，说这是全郡人民的心意，最后，刘宠从每位长者手中拿了一枚钱。待送行的人离去后，他又悄悄地将这几枚钱放进江中，后来，人们知道了这件事，十分感动，便给他起了一个"一钱太守"的绰号，还将他投钱的江改名为"钱清江"。人们说自他将这几枚钱投入江中后，江水变得更清了。人们还在江边建了一座"一钱亭"，盖了一座"一钱太守庙"，用来纪

念他。"一钱太守"这个绰号从此深入人心、流芳千古。清朝监察御史杨维乔曾写诗赞叹道:"居官莫道一钱轻,尽是苍生血作成。向使持来抛海底,莒波赢得有清名。"元朝的王叔能也曾写过一首赞美他的诗:"刘宠清名举世传,至今遗庙在江边。近来仕路多能者,也学先生拣大钱。"在褒奖刘宠的同时,还讽刺了元朝当时的贪腐行为。

刘宠的事迹对后世影响很大,成为清官的楷模。明朝有位清官叫黄绾,曾任绍兴知府,就是当年刘宠任职的地方。在任时,也为老百姓办了许多好事,在他离任时,绍兴人民舍不得,哭声震野,争相赠送财物,黄绾拒不接受,人们坚持要送,最后,他只收了每人两个铜钱。这与刘宠十分相似,于是,人们便称他是"刘宠之后"。清朝时,湖南慈利县令刘继圣为官时,廉洁自律、关爱百姓,离任时,百姓也是自发地前来送行,赠送财物,刘继圣亦是一概拒收,后来推辞不掉,也只是收了每人一文钱,人们称他是"今之刘宠"。

刘宠的一文钱精神,至今仍有现实教育意义。2009年,绍兴越剧团将其改编为越剧《一钱太守》公开演出,受到欢迎。到北京演出时,许多官员前去观看,并会见了主要演创人员,赞扬这是一部很有教育意义的好戏。

"悬鱼""悬瓜"巧拒贿

　　羊续是东汉时期的一位著名清官。他出身于官宦世家，他的祖先七代都是朝中的大官，他也因是忠臣的子孙而受拜郎中，后来做了庐江太守。在做庐江太守时，正遇黄巾军攻打舒城，放火烧城。羊续果敢行事，召集青壮年男子，发给武器，上阵抗敌；召集老幼体弱者，担水灭火，齐心协力，结果大败敌兵，使庐江郡界内得以太平。后羊续调任南阳太守。上任时，他化装成平民，只带一名随侍童子，一路明察细访，情况了然。上任之后，根据所了解的情况惩恶扬善，郡中人为之震惊，无不敬佩。

　　羊续为官清正廉洁、生活简朴，他在任南阳太守时，妻子带着儿子来找他，羊续却将他们劝了回去，他对儿子说，我这里只有几件破旧的布衣与数斛盐和麦子，怎么养活你们呢？

　　羊续因政绩卓著，汉灵帝有意提升他为太尉，当时拜任这个职位的，必须要向东园交纳礼钱上千万，此事由宦官督办，督办此事的宦官也趁机索贿。但当督办此事的宦官来到羊续家中时，羊续却让其坐在单席上，举起旧棉絮做的袍子对他说："臣下的家产，仅有这件袍子而已。"羊续也因此没有升任太尉。羊续去世时，留下遗言要薄葬，不要接受朝廷赐赠。按当时规定，他这一级的官员去世，朝廷要赠钱一百万办丧事，灵帝得知他的遗言后，也很感动，专门下诏让当地官府将办丧事的赠钱转赠给羊续的家人。

羊续廉政拒贿最有影响的是悬鱼一例。此事发生在他初任南阳太守之时。当时，他属下的一位府丞给他送来一条当地有名的白河鲤鱼，羊续拒收，推让再三，但这位府丞执意要羊续收下。羊续无奈，只好收了下来，但却没有食用，而是将此鱼悬挂在屋外的柱子上。过了一段时间，这位府丞又送来一条更大的白河鲤鱼，羊续没有当面拒绝，而是将他领到了屋外的柱子前，指着悬在柱上已经风干的鱼说："你上次送的鱼还挂着，已成鱼干了，请你一起拿回去吧。"府丞很羞愧，悄悄把鱼收回去了。此事传开后，人们无不称赞他的美德，并给他起了一个"悬鱼太守"的绰号。明朝的于谦有感此事曾赋诗曰："剩喜门前无贺客，绝胜厨内有悬鱼。清风一枕南窗下，闲阅床头几卷书。"《聊斋志异》的作者蒲松龄也曾感慨道："不见裴宽瘗鹿，且看羊续悬鱼。省识封建官场真面目，清官廉吏也难为。"

羊续

羊续拒贿悬鱼受人尊敬，被人称作"悬鱼太守"。还有一位同样受人尊敬，悬瓜拒贿的苏琼，被人称作"悬瓜太守"。

苏琼是南北朝时期的北朝人，生于北魏末年，历经东魏、北齐、北周，卒于隋朝初年。他曾任东魏刑狱参军、北齐南清河郡太守、北周博陵郡太守等职，所有职位都留有美名，深受人们爱戴。

苏琼为官清廉，勤政爱民，为百姓敢于担当。有一年，南清河郡一带发洪水。田园被淹、庄稼绝收、百姓断粮。为拯救百姓，苏琼向有存粮的人家贷粮，分给饥民。而此时，州府却仍向百姓征收租税。郡衙主簿对苏琼贷粮一事十分担心，说："贷粮虽是怜悯饥民，但恐朝廷会怪罪府君你的。"苏琼听后，坦然地说："一身获罪，且活千室，何所怨乎？"接着他又上奏朝廷，如实报告灾情。朝廷查实后，既没追究他贷粮，又决定免除灾民的租税。灾民得救，渡过了难关。

苏琼在南清河郡时，有一位告老还乡的老太守赵颖，出于对苏琼的敬仰，给苏琼送去了新鲜的瓜，苏琼拒不接受，老太守则坚持要送，说区区个瓜算不了什么。苏琼只好收下，待老太守走后，苏琼令人将这两个瓜悬挂到公堂的房梁上。有人听说苏琼收了老太守的瓜，也都来奉送新鲜瓜果。然而，来到衙门，他们看到悬在梁上的瓜，便都悄悄地回去了。从此，人们越发敬仰他。"悬瓜太守"的美名也传开了。

官员财产公示的第一人 "卧龙" 诸葛亮

诸葛亮画像

诸葛亮是中国家喻户晓的传奇式人物，深受人们的崇敬与爱戴。

诸葛亮 17 岁来到隆中，虽隐居深山，却胸怀大志。他才思敏捷，眼光锐利，对问题的认识往往超出常人。因此，人称 "卧龙" 或 "龙"。

诸葛亮一生光明磊落，严以律己，从不因位高权重谋取私利。他坦坦荡荡地公开了自己的财产收入。那是他在五丈原病重时写给后主刘禅的奏章。奏章说："今成都有桑八百株，薄田十五顷，子弟衣食，自有余饶。至于臣在外任，无别调度，随身衣食，悉仰以官，不别治生，以长尺寸。若臣死之日，不使内有余帛，外有赢财，以负陛下。" 诸葛亮死后，人们发现，一切果如其所言，毫无虚假之处。

从诸葛亮公示的财产，我们看到，作为开国丞相的家产，仅仅是八百株桑树和十五顷薄田，其收入仅仅是为官的俸禄，没有其他任何外来收入，其家产和收入也只是满足于生活而已，家中没有多余的财产。

古代没有官员财产申报制度，官员更不愿意申报自己的家产和收入。即便现今，也很少有官员愿意公布自己的财产收入。而一千多年前的诸葛亮却做到了。所以，有人评论说：诸葛亮是真正的官员财产公示第一人。

官员公示自己的财产，是官员接受群众监督，防止腐败的重要措施。如今，有不少国家制定官员必须申报私有财产的制度。我国要将廉风建设深入开展下去，也应实行官员必须申报、公示自己私有财产和收入的制度。

美名流芳千古的"廉石太守"陆绩

陆绩是三国时期的吴郡人，其父陆康曾任庐江太守，与袁术关系很好。陆绩自幼聪明过人，知礼节、懂孝悌、尊重长辈、孝敬父母。他6岁时，于九江拜见袁术，袁术很喜欢他，拿出橘子给他吃，陆绩吃的时候，偷偷地藏了3个于袖中。等到告别时，他向袁术躬身施礼，不想，橘子从袖中掉了出来。袁术笑着说，你来我这里做了小客人，怎么还藏了橘子？陆绩跪地说道，我母亲喜欢吃橘子，我想带几个回去给母亲品尝。袁术听了大为惊奇和感动。后来此事被传为佳话，元代时，郭居敬将其编入《二十四孝》之中。

陆绩成年后，博学多识，通晓天文、历算，曾作《浑天图》，注《易经》，撰写《太玄经注》，后被孙权派任为郁林郡太守。

郁林郡地处偏僻，位于岭南，这里气候炎热、痢疾流行、环境恶劣，生活十分艰苦。陆绩到任后，处处为百姓着想，积极设法改善百姓的生活环境。他发动大家建房凿井，改善饮水条件，减少疫病传播，当地人民感激他，便将所凿之井称作"陆公井"。后来，人们有感他怀橘孝母的孝道，便在井边种了一棵橘树，从此，"陆公井"又有了"橘井"之名。当地老百姓更是直接地称作"怀橘井"，

还将"怀橘井"所在的地方称作"怀
橘坊"。

陆绩关心热爱郁林郡的百姓，他
下决心要将郁林郡治理好，为此，
他将他在任内所生的女儿取名"郁
生"。任职期满后，陆绩经由海道坐
船返回故里。由于他在任上廉洁奉
公、两袖清风，告老还乡时无物随
行。船夫怕船太轻，经不住海上风浪
的颠簸，于是，陆绩便让船夫从岸上
搬来一块巨石压在船中。

现存苏州文庙内的廉石

陆绩回到故里后，有感这块巨石
为其旅途安全所做的贡献，便请人将此巨石搬到自己故里的宅院中，
人们称之为"郁林石"。后来，陆绩为官廉正的美名与此巨石一起
传扬出去，受到人们的赞誉，还给他起了个"廉石太守"的美名。

到了明朝，有一位名叫樊祉的监察御史到苏州视察，听到当地
老百姓传诵有关陆绩"郁林石"的故事，非常感动，认为这是为官
清廉的一个生动教材，便下令将这块"郁林石"移到苏州府察院场，
并建亭立碑予以保护。还亲自题写了"廉石"两字镌刻其上，以表
达对陆绩的崇敬。

清朝康熙年间，苏州知府陈鹏年又将此石移入苏州文庙之内。
此石高约 2.45 米，宽约 2 米，厚约 0.7 米。石上"廉石"二字漆以
红色，非常醒目，怀着敬仰心情前来拜谒此石的人络绎不绝。

"悬丝尚书"山涛的高风亮节

山涛是魏晋时期著名的"竹林七贤"之一。山涛早年丧亲，家中贫困。少年时即有器量，卓尔不群，后与嵇康、阮籍为友，常在竹林中交游，志趣相投，成为莫逆之交。

山涛要从吏部郎的职位上离职时，便推荐才华横溢的嵇康接替这一职位。没想到嵇康十分恼怒，认为山涛并不了解他，这样做是在害他，为此，他写了一封与山涛绝交的公开信，表示从今以后断绝与山涛的往来。山涛感到很委屈，但并不怨恨他。后来，嵇康因受人陷害，被杀害，临刑前，没有把他年仅10岁的儿子嵇绍托付给他亲叔叔，而是交给了山涛，并对儿子说："有山涛在，你就不是一个孤儿。"嵇康既公开与山涛绝交，临终前又将幼子托付给他。这说明山涛在他的心目中是位品德高尚的人，值得信赖。山涛也没辜负这份信赖，一直将他的儿子当作亲生儿子一样照顾和教育，将其培养成为一位出类拔萃的人才，并推荐他做了秘书丞。山涛的这种精神深受后人推崇。

山涛任吏部尚书时，为朝廷选拔官员，选拔时，他秉公办事，任人唯贤，任人唯才，他仔细筛选每一位备选官吏，时称"山公启事"。事后证明，经他推荐选用的人才，都与他的评论一致，没有一个不合适的。只有一个叫陆亮的，出了问题，因贪污受贿被罢官。但这个人选是晋武帝坚持要任用的，当时山涛就认为此人不合适，与晋武帝争辩，无奈，晋武帝坚持，山涛只好遵旨办事了。

这是一幅描绘山涛拒贿的悬丝图。

魏晋时期，社会动荡、官场腐败，山涛在这种环境中为官三十余年，官职做到吏部尚书，可谓位高权重，但他从不借此谋取私利，始终保持清醒的头脑，洁身自好、独善其身。有一次，县令袁毅暗地给他送上真丝百斤就溜走了，山涛让家人将这些真丝原封不动地悬于梁上。后来，袁毅劣迹败露，朝廷派人到山涛府上查询袁毅送真丝之事，山涛讲述了事情经过，并领来人去看那些真丝，只见真丝仍悬于梁上，上面布满了尘土，有的已被虫蛀，但封印仍完好如初。人们深为感动，并为此给他起了一个"悬丝尚书"的绰号。

山涛始终将名利看得很淡泊，平时晋武帝赏赐给山涛的东西也总是不多。谢安曾就此问过他的晚辈，谢玄回答说，大概是他想要的东西不多，所以别人就给得少了。

山涛一生过着节俭的生活，他不近声色，不纳姬妾，常将自己的薪俸敬于邻里，救济贫困之人。

同是"竹林七贤"之一的王戎对山涛的才华和品格十分敬佩，说"他就像未经雕琢的玉石，未经提炼的矿石，人们都喜爱它的珍贵，却不能估量它的真实价值"，认为他极具修养，才华横溢，却又不露锋芒。

饮"贪泉"而不贪的"晋代第一良吏"吴隐之

　　吴隐之是东晋时著名的儒雅饱学之士。他少年时代就与众不同，他曾吃过一种腌菜，感到味道很好，为了不受美味诱惑，就把腌菜扔掉了。他每天即使只喝豆粥，也不享受非分之粮；即使没有储备一点粮食，也不获取非正道的食物。母亲去世时，他悲痛万分，每天早晨都以泪洗面，行人皆为之动容。当时韩康伯是他邻居，韩康伯之母常对康伯说："你若是当了官，就应当推荐像吴隐之这样的。"

　　吴隐之为官之后，始终保持着清廉的节操，他不仅自己清廉简朴，他的妻子也像普通农妇一样，自己背柴烧火。吴隐之担任高官要职后，越发严格要求自己，他把他的俸禄都赏赐给了有困难的亲戚和族人了，而自己家却非常清贫，甚至到了冬天洗衣服时，因为没有替换的衣服，只好披着棉絮御寒。

　　当时的岭南广州（今广东番禺一带，当时仍称南海郡），地处偏远，却出产奇珍异宝，若能搞到一小箱，就足以供养一家几代人。历代的广州刺史都贪污受贿，搜罗珍宝，中饱私囊，满载而归。新任皇帝想革除这一弊端，想到只有吴隐之能完成这一任务。于是委任他为龙骧将军，领平越中郎将，出任广州刺史，治理那里的贪腐奢华之风。

吴隐之饮贪泉之水。

吴隐之在赴任途中，来到离广州 20 里处的一个叫石门的地方，这里有一口泉，被人称为"贪泉"，传说人只要喝了"贪泉"的水，就会变得贪得无厌。而那些贪官则说，自己本来是清廉的，只因喝了"贪泉"之水才变得贪婪了，为自己的贪腐找了个借口。吴隐之面对"贪泉"对属下说："内心看不见可产生贪欲的东西，就能够使心境保持不乱，而越过五岭却会丧失清白，我现在明白了，那些贪官是借喝'贪泉'水之虚，而行贪赃之实。"说完，便来到"贪泉"边，喝了"贪泉"水，并作诗道："古人云此水，一歃怀千金；试使夷齐饮，终当不易心。"意思是说，人人都说喝了"贪泉"水就会贪财爱物，假如让伯夷、叔齐两位品德高尚的人喝了，他们是不会改变自己的意志的。借此表明，自己就是这种意志坚定的人，喝了"贪泉"的水，也决不会成为贪官。

果然，他到任之后，便提倡防腐倡廉之风，严惩腐败，并以身作则，做出表率，他将官府配置的帷帐、陈设用品，甚至服饰都放进府库，过着吃蔬菜、干鱼的清苦生活。开始，有人还认为吴隐之只是做做样子而已，后来，发现他年复一年的都是这样，便越发信服和敬佩他。吴隐之得到民众的信任和支持，其政绩也越发显著，岭南的状况也得以改观，而他自己仍两袖清风。任期满，回京城后，居住的院子很小，妻子和孩子拥挤地住在六间茅草屋里。每月的俸禄只留下自己的口粮，其余都周济了亲戚和族人，自己的家眷则靠纺织为生。

当时，两晋的官风十分腐败，贪腐奢华之风盛行，而吴隐之在这样的环境中，能出淤泥而不染，且政绩卓著，很受人们的敬佩和爱戴。为此，晋安帝专门下诏表扬他，诏书说："吴隐之在困境中砥砺清节，做到一般人做不到的事情，成就了君子的美德。吴隐之廉洁克己、简朴过人，俸禄都分给了九族宗亲；身处可产生贪欲的地方，而清廉的节操不改；坐拥富贵华丽的环境，而家眷的服饰依旧。而且革除奢侈，务求节俭，使得岭南的贪风奢俗为之改观。"吴隐之也因此获得了"晋代第一良吏"的美称。

历经五代的"清郎"袁聿修

南北朝时期的北朝，有一位著名的清官叫袁聿修。

袁聿修，字叔德，陈郡阳夏人，他的父亲袁翻是北魏的中书令。袁聿修虽出身于士族高门，却能严以律己，不似一般的纨绔子弟。他性格深沉而有见识，办事认真；他清净寡欲、平和温润、与世无争。当时的名士都很赏识他，并赞美他的风采和见识。

袁聿修为政廉洁、工作谨慎、关爱百姓。他在信州任刺史时，政绩突出，深受人民的爱戴和上司的信任。当时，御史奉旨巡视各州，在与信州接壤的梁、郑、兖、豫等州都发现了有不法行为的官员，但御史却不去信州巡视，因为他相信袁聿修，相信他和他治理下的官员决不会出问题。袁聿修任满离职还京时，信州的百姓，包括僧人赶来送行。有人带着酒肉，哭泣着送了一程又一程。当时正是盛夏，袁聿修怕热坏了百姓，就多次下马，劝大家赶快回去，并喝了一杯酒，表示接受了大家的盛情。袁聿修回到京城后，信州百姓七百多人联名请求为他立碑，并托中书侍郎李德林为他撰写碑文，赞美他的功德。

袁聿修为官极为清廉，当时的北朝，社会动荡，官场上送礼行

袁聿修（右）

贿之风很盛，而袁聿修为尚书十年，却没有接受过别人一升酒的馈赠。尚书邢邵和他关系很好，对他的品格非常敬仰，赞誉他为"清郎"。有一次，袁聿修以太常少卿的身份出使巡察，并受命考核官员的功过。他经过兖州时，正值邢邵在那担任刺史。两人相见，甚是高兴。袁聿修离去时，邢邵派人给他送去了白绸和信。袁聿修让来人将白绸带回，并给邢邵写了一封回信，信中写道："今日经过你处，与平日出行不同，瓜田李下，必须避嫌。古人对此是十分重视的。人言可畏，应像防御水患一样。愿你体会此心，不至于重责。"邢邵看了很感动，马上回了一封信，写道："先前的赠送，过于轻率，未加考虑，老夫匆忙之间，没有想到这个问题，敬承来信之意，我并无不快，弟昔日为清郎，今日复作清卿了。"袁聿修这种洁身自好、为官清廉的高尚品德，确实令人敬佩。

袁聿修为官五十多年，历经北魏、东魏、北齐、北周、隋五个朝代，曾任尚书郎、太常少卿、信州刺史、都官尚书等要职，却能做到始终如一、兢兢业业，以清廉为本，从未收受过他人一升酒、一束帛，人们因此称他为"五代清郎"。他告老还乡时，乡里以他为荣，送他一副对联："一辈子认认真真做人，修成一身正气；五十年兢兢业业理政，换得五代清郎。"这是对他一生的总结，也是对他高尚品德的衷心赞美。

"清水别驾"赵轨的美德

　　赵轨是隋文帝时的高官。赵轨出生于洛阳官宦之家，其父赵肃是东魏时的学官，精明强干，为官清廉，赵轨深受其影响，从小勤奋好学，注重自身的品行修养。为官后也以清正廉明，为民谋利而著称。

　　一次，赵轨外调赴任，夜间出行，途中随行的马匹误入农田踩毁了庄稼。赵轨随即下令停止前进，一直等到天亮，找到了农田主人，赔偿了损失才继续赶路。当地的官吏闻知此事非常感动，表示要以其为榜样养成良好操行。

　　赵轨在齐州任别驾时，其住宅东邻院子里有一棵大桑树，枝繁叶茂，有一部分树枝越墙而过，伸到他的院中。每年桑葚成熟时，一些桑葚就会落到他的院子中。赵轨见了，连忙叫人把桑葚捡起来，全部送还给桑树的主人家。他还告诫自己的儿子说："我这样做，并不是刻意追求好名声，只是觉得这些东西并非我们的劳动成果，我们不能侵害别人的利益。否则，心中有愧。你们以后也要引以为戒。"

　　赵轨任齐州别驾四年，在这四年中，他为齐州百姓做了大量好

赵轨清廉如水，离任时，乡亲以清水一碗为其送行。

事实事，使他们得以安居乐业，而自己则廉洁自律，不谋私利，始终保持清廉的节操。

由于赵轨工作勤奋，成绩突出，为官清廉，受到隋文帝的赏识和嘉奖，被调入京师为官。齐州百姓舍不得他离任，赵轨启程离开齐州时，齐州的父老乡亲纷纷赶来含泪送别。一位老者捧着一碗清水，含着泪，激动地说："别驾为官多年，勤政为民，对百姓一无所取，所以，你今天要走了，我们也不敢拿米酒来为你送行，你为官清廉，如同清水一样，今天就让我们献上一碗清水为你送行。"赵轨听后十分感动，接过清水，一饮而尽。与众乡亲告别，挥泪而去。从此，赵轨有了一个"清水别驾"的称号。

心系百姓的"有脚阳春"宋璟

　　唐玄宗时有两位名相，一是姚崇，一是宋璟。史学家把他俩与唐太宗时的名相房玄龄、杜如晦相提并论，称之"前有房杜，后有姚宋。"

　　史称宋璟"风度凝远，人莫涯其量"，意思是说气质高雅，心胸坦荡。

　　宋璟曾在武则天、唐中宗、唐睿宗、唐玄宗四朝中任要职。宋璟为人耿直刚正，不畏权贵，敢于直言，很有建树。

　　武则天时，张易之、张昌宗兄弟受宠，两人仗势横行，朝中官吏大都敢怒不敢言，御史大夫魏元忠得罪了他们。张易之就在武则天面前诬告他有不尊皇上的言行，并胁迫凤阁舍人张说作伪证。张说惶恐不已。此时，宋璟

被百姓称为"有脚阳春"的唐朝名相宋璟。

毫无畏惧地站了出来，要还事情一个公道。他开导张说，要他主持正义，说实话，并表示如遇问题必将鼎力相救。张说被宋璟所感动，在朝廷上说了实话，救了魏元忠。后来，有人告发张易之兄弟请人相面以观凶吉，有不臣之迹。宋璟得知后，上奏朝廷应将张易之兄弟绳之以法，送入监狱。后在武则天的庇护下，得以赦免。事后，武则天要张易之兄弟去拜谢宋璟，宋璟则说："公事当公言之，若私见，则法无私也。"拒不见他们。

宋璟为人正直，品行端正，从不阿谀逢迎。有一次，唐玄宗的宠臣王毛仲的女儿出嫁，邀宋璟出席，宋璟不愿于与其结交，没有答应。最后，王毛仲竟请唐玄宗出面帮他邀请，宋璟不得不去，宋璟虽然参加了婚宴，但却举酒西拜，意思是说，我为君命而来。而且一杯酒没喝完就借故告辞了。对此，司马光赞叹道："璟之刚直，老而弥笃。"

宋璟为官时，最突出的优点是关心百姓疾苦，能为百姓办实事。唐中宗时，他因敢于直言，得罪了太平公主，被贬为广州都督。他到广州后，发现当地老百姓都用竹子、茅草盖房子，竹茅易燃，常常发生火灾，而且一烧就是连片，老百姓为此苦不堪言。宋璟为了帮助百姓改变这种状况，就教百姓烧砖制瓦、改造房屋，从此之后，不再有"延烧之患"，百姓对他非常感激。

宋璟有着一颗爱人之心。有一次，唐玄宗出巡东都洛阳，途经崤谷时，由于驰道狭窄、车骑拥挤，致使负责保卫的河南尹李朝隐和另一位官员王怡与警卫部队失去了联系，玄宗认为这是严重失职，下令削了两人的官职。宋璟很同情两人的遭遇，便上奏玄宗说，皇上将来还要经常到各地巡视，因为道路隘狭就使两位臣子获罪，我担心以后还会有更多的人因这种事而获罪。玄宗听后，觉得宋璟讲得有道理，就下令撤销了前令。

宋璟办案，总是考虑避免牵连无辜者。对胁从者或受牵连者，多是甄别之后释放之。

　　由于宋璟为官时，能时时将百姓放在心上，所到之处总是想方设法为百姓办实事，给百姓带来实惠。所以，人们送给他一个"有脚阳春"的绰号。意思是说，他所到之处，犹如和煦的春光普照万物，给人带来温暖和幸福。

"清慎太过宰相"陆贽谈行贿

陆贽是唐朝中期著名的宰相，他在政治、经济、军事、吏治等方面都很有见地，提出过许多有效、正确的建议，是一位卓越的政治家，同时，又是一位敢于反对腐败、清廉自守的清官。

陆贽曾拜访名重一时的寿州刺史张镒，两人交谈甚密，张镒非常看重陆贽，临别辞行时，张镒赠他百万钱，说是给老夫人的供养费。陆贽婉言谢绝，分文不取。陆贽母亲去世时，人们出于对他的尊敬，都来送礼，陆贽同样一无所受。

才华横溢，清廉过人的唐中期宰相陆贽。

当时的官场十分腐败，行贿索贿已是公开之事，藩镇为巩固自己的地位，更是重贿结交高官近臣。当时的陆贽已是高官重臣。给他送礼的人也很多，所送之礼，金银财货鞭靴细小，无所不有，陆贽却杜绝私交，一概不收。他的清廉和高洁遭到一些贪腐之徒的攻击，说他沽名钓誉，影响上下左右关系。唐德宗听说后，也认为他这样苛求自己，有点过分。于是下密旨责备他"清慎太过"，说你的清廉和谨慎太过了，人家送你一点小礼物，是人之常情，你一律不收，很不合情理。其实，如果送你一条马鞭、一双皮靴之类，收下了，也是无伤大雅的。一个皇帝，对大臣清廉自守的高尚品德不是肯定、赞誉，而是下密旨，指责其做得过分，这在历史上是十分罕见的。有人因此给陆贽起了个"清慎太过宰相"的绰号。

对于皇帝的指责，陆贽说道，官员之间的交往不是靠纳贿才能搞好的。相反，贿赂只能开启人们的贪欲之心，影响相互之间的正常交往，违背和败坏法律制度。他还认为，拒贿就应该防微杜渐，受贿往往都是由小到大，变得贪得无厌的。他还认为，人之行贿，并非所愿，只是行之有利，不行有虑，是腐败的环境造就了这种心态，这也正是行贿的重要原因。

陆贽认为要严清行贿、腐败之风，必须从上面做起。如果国君本人"荡心侈欲"，其结果必然是"侈风教而乱邦家"。当时德宗皇帝因内乱逃至奉天后，建了两个私人仓库，存放了大量各地进贡的财物，供他挥霍享乐。陆贽说，这些财物不是地里自己生出来的，也不是天上掉下来的，而是百姓辛苦劳作出来的。他主张将库中之物都赏赐给有功的将士。

为了反对腐败，陆贽还曾与权臣裴延龄展开过一场斗争。裴延龄为迎合唐德宗贪图享乐的要求，千方百计地剥夺民财，供唐德宗挥霍，搞得百姓怨声载道，他索贿受贿，还化公为私，把库藏财物据为己有，由于他是皇帝的宠臣，满朝文武都敢怒而不敢言。陆贽则毫无畏惧地列举了他的七大罪状，写成了《论裴延龄奸蠹书》，亲友担心他，劝他不要太认真。陆贽却说，我公心皎然，无所畏惧。但最终还是惹怒了皇帝，得罪了权臣，被罢了官。

陆贽的才学和品德风范，深得当时和后世的称赞。苏轼认为他是"王佐""帝师"之才，可惜生不逢时、仕不遇主。欧阳修则认为唐朝有这样优秀的人才，却没有再次兴盛，实在可惜。

"纤夫县令"与官场升迁之道

　　何易于是晚唐时期益昌（今四川广元市南）县县令。他清正廉洁、爱民如子，为维护百姓的利益，不惜得罪权贵，甚至违抗朝廷的诏令，甘冒革职、做牢、杀头的风险。

　　有一次，利州刺史崔朴率宾客沿嘉陵江东下春游，船至益昌地段，需纤夫拉纤前行。当时，百姓正忙于春耕春种，难以找到更多的拉纤民夫。于是，何易于便撩起衣服，将笏板插在腰带上，弓着身子上去帮着拉纤，刺史见了，惊问道："你身为县令，为何要这样做？"何易于答道："当下正值春季，百姓不是忙于春耕，就是忙于侍弄春蚕，一点时间都不能侵占，我身为你的属下，眼下又没有什么要紧的事，可以充当纤夫的差使。"刺史和宾客等人听了这话，很不好意思，连忙下船，骑马回去

政绩卓著，百姓爱戴却不得迁升的何易于。

了。何易于也因此有了"纤夫县令"的美名。

益昌的百姓多数依山种植茶树，靠卖茶所得的微利维持生计。何易于任益昌县县令时，朝廷下诏书要增加茶税，并要求不得隐瞒实际情况。何易于见到贴在县衙的诏令说："益昌百姓生活穷困，不征收茶税，他们的日子已不好过，加征茶税是在坑害百姓啊！"于是，他下令将诏令从墙上撕掉。吏员说："诏令上说，连隐瞒都不可以，如果除掉诏令，那比隐瞒的罪还要重，不仅我会丢掉性命，恐怕大人您也会被流放到边远之地啊！"何易于却坦然地说："我难道能为了保全自己的一条命而去损害一县的百姓吗？你放心，我不会连累你们的。"后来，朝廷派人来了解此事，得知何易于确实是为民挺身而出，也就没再追究，为此，益昌百姓却得到了好处，免除了沉重的茶税。

何易于时时想着百姓，处处为百姓着想，宁肯自己吃苦冒风险也不增加百姓的负担，对于贫苦百姓死后无钱埋葬的，他就拿出自己的俸禄帮助，并让属下去协助料理。对于民间的官司，他都是亲自过问，根据罪行的轻重，依法办案。益昌在他的治理下，社会安定，百姓安居乐业，监狱里没有一个罪犯，百姓不知道什么是劳役。

然而，就是这样一位勤政爱民，为百姓做了大量好事实事、政绩显著的好官，在朝廷考绩时，却只得了中上的等级，在百姓心中，这样的好官应是上上才是，这是为什么呢？

对此，一个叫孙樵的高官给出了答案。这个孙樵在路过益昌时，听到百姓为何易于鸣不平的呼声。便问百姓："何县令催交赋税情况如何？"百姓说："百姓遇到困难不能按时缴税时，何县令就向朝廷请求放宽期限。"又问："何县令催办徭役情况怎样？"百姓答道："如果遇到工程经费不够时，何县令就用自己的俸禄补贴，从不为难百姓。"又问："何县令捕捉盗贼情况怎样？"百姓答道："我们县里没有发生过盗贼案件。"又问："何县令是怎样招待往来的高官权贵的？"百姓说："何县令按规定供给车马，出县证明，其它没有。"孙樵听完百姓的回答，说道："我在京城长安听说，能否加快催交赋税、能否加快征发徭役、能否缉拿更多盗贼、能否招待好过往官员，这些就是考察官员的标准。"言外之意，你们的何县令这四点都没做好，所以只能评个中上等级了。

孙樵是一个正直的官员，他对何易于的政绩和品格很敬佩。他断言：何易于生前虽然没有受到朝廷嘉奖，但史官一定会让他青史留名。果然，北宋欧阳修在编撰《新唐书》时，为何易于立了传，肯定了他的政绩。使人们记住了这位爱民如子、敢于作为的好县令。

被称为"无口匏"的"圣相"李沆

　　李沆是北宋时期的著名宰相，有"圣相"之美誉，王夫之称他是"宋一代柱石之臣"。《宋史·李沆传》说他正直宽厚，行为谨慎，心怀全局，严以律己，不刻意追求政绩，不沽名钓誉，凡事按照制度办理，没有人能从他这里谋取私利。

被王夫之称为"宋一代柱石之臣"的李沆。

　　李沆平时很少言语，就是和众人在一起的时候，他也很少说话。于是，有人给他起了个"无口匏"的绰号，就是没有口的闷葫芦。他弟弟李维把这个绰号告诉了他。李沆听了，并不生气，而是说道，我知道大家的议论，只是国家大事，大都在朝堂上或奏折中表达了，其他还有什么可说的。要我和大家一起谈天说地，讨论是非功过，吹捧别人或炫耀

自己，这是我不愿意的。

李沆一生光明磊落，当时朝廷官员有向皇帝密奏的习惯，看似忠心，实则别有用心。李沆从不这样做，一次，宋真宗对他说："别人都有密奏，只有你没有，为什么呢？"李沆回答道："我身为宰相，公事公办，何必用密奏？那些有密奏的人，不是进谗言就是别有企图，我讨厌他们，怎么能效仿他们呢？"真宗皇帝听后很感动，从此更加信任他了。

李沆办事认真，坚持原则，一切按制度办事，不符合制度的，不论是谁都不能办。宋真宗想册立刘氏为贵妃，但有违当时的册立制度，李沆坚决反对，还将皇帝要求册立刘氏为贵妃的手谕当场烧掉了。最终，皇帝取消了这个决定。宋真宗的女婿驸马爷石保吉请求晋升，宋真宗也有意提拔他，便找李沆征求意见。李沆说，石保吉虽是内戚，但一无政绩，二无战功，如此加封，恐怕会招来非议。最后，还是没有提拔。连皇帝提出的要求，他都坚决拒绝，足以说明他办事的原则性。

李沆用人不徇私情，从不拉帮结派培植个人势力，注重的是人品和才干。

李沆升任宰相时，一个叫胡旦的官员给他写来一封贺信。胡旦曾和李沆同为知制诰，属老同事、后胡旦因故被贬到坊州任团练副使，长时间没得到重用，得知李沆升任宰相，便想借曾是老同事的关系得到提拔重用。胡旦在贺信中将李沆赞颂了一番，接着历数了前任宰相用人的过失，说只有他李沆才是德才兼备，众望所归。李沆看过贺信，认为此人背后如此说人坏话，非正派之人，始终没有重用他。

还有，寇准曾多次向他推荐丁谓，说此人很有才，但李沆始终不用他。寇准问李沆为何不用此人？李沆说："看他为人处世，能让他的职位居于别人之上吗？"寇准说："像丁谓这样的人，你能一直抵制他，使他居于他人之下吗？"李沆说："将来你后悔时，就会想起我的话。"后来，寇准受到丁谓的排挤，才信服李沆的话，这也说明李沆善于识人。

宋真宗对李沆非常信任。李沆去世后二十多年，有人向朝廷推荐梅询，说此人可用，宋真宗反对说："李沆曾说他不是君子。"

李沆一生办事严谨，遵章守纪，一丝不苟。李沆辞去官职，在家中也是正襟危坐，未曾斜靠。

在李沆为相期间，是北宋王朝国内外最为稳定的时候，战火稍息，局势渐稳，经济和社会呈现繁荣景象，这种局面的形成，李沆功不可没。

"一代之宝"张俭，一件袍子穿了三十年

　　张俭是辽国著名的宰相，对辽国的发展、兴盛和百姓的安居乐业做出了重要贡献。

　　张俭年轻时，便以品德高尚、办事干练而闻名。考中进士后，被派到云州做幕僚。地方长官对他的品格、学识和才干很赏识，认为他是一个难得的人才。

　　有一年，皇帝到云州游猎，按照当时惯例，凡皇帝经过的地方，当地长官都应该有所贡献。云州节度使见到皇帝时说："我的辖区内没有什么特产，只有一个幕僚张俭，可算得上是一代之宝，我愿将他献给皇上。"在这之前不久，皇上曾做过一个梦，梦见有四人侍奉于身边，他还赐给每个人两口食物。当听说节度使献上的"一代之宝"叫张俭时，恍然大悟，那"俭"字不正是四人和二口吗？原来梦中的就是张俭。于是很高兴地召见了他。一交谈，发现他确实有才华，于是将他带回京城，委以重任。

　　张俭为人正直、诚实、谨慎，不喜欢打扮自己，也不喜欢虚夸矫饰的表面文章，他为辽国的巩固和发展，做了大量实实在在、卓有成效的工作，深受人们的尊敬和爱戴，《辽史》说他"功著两朝，

张俭是辽国的著名宰相，辽国是契丹族人的政权，这是一幅契丹人骑马图。

世称贤相，非过也"。

张俭尤其令人敬佩的是他严以律己、不求私利、生活简朴，关心别人胜过关心自己。他长期任高官要职，却始终勤俭朴素，穿的衣服都是用粗糙但结实的粗布做成的，吃的饭菜都很简单，很少吃荤菜。只要俸禄有余，就去接济亲朋故旧。

张俭在家一直穿着一件破旧的袍子，上朝时也穿着。有一次上朝时，皇帝让侍从暗中在他的袍子上烙了一个洞，作为记号，想看看他是否总穿这一件。结果，发现他一直穿着这件袍子，从没换过，皇上问他，为什么老穿这件破袍子。张俭说，这件袍子他已穿了三十年，始终不舍得扔掉。当时朝野奢靡之风盛行，皇上知道张俭也是在以身施教，希望奢靡腐败之风能为之收敛。虽是如此，但皇上心中仍不免有怜悯之情，便令他到内务府库中任意取些财物和用品。张俭奉诏前去，却只拿了三匹粗布。人们也为此越发敬重他。

忧国忧民的"范履霜"范仲淹

范仲淹是北宋著名的政治家和文学家。他的《岳阳楼记》是人们熟知的千古名篇。他那"先天下之忧而忧，后天下之乐而乐"的名句更是千古流传，被人们奉为高尚情操的典范。

范仲淹出身贫寒，2岁丧父，他在僧舍读书时，每天只吃两顿饭。他将米煮成粥，待粥冷却成块后，将粥切成四块，早晚各二块，拌上一点切碎的腌菜，吃完继续苦读。此事后来传为佳话。也由此衍生了一个成语"断齑划粥"。成年后，他在书院求学，仍坚持清贫和吃粥的习惯，一起求学的一位同学，见他终年吃粥，就给他送了点好吃的，但范仲淹一口不尝，听任佳肴发霉。同学问他为何不吃？范仲淹说，我已安于喝粥的生活，一旦享受美餐，日后怕吃不得苦。范仲淹成了朝廷大臣后，仍过着简朴的生活，家中如果没有客人来，饭桌上从不出现两种荤菜。

忧国忧民的范仲淹

妻子儿女的衣食也只求温饱。

范仲淹生活简朴，不求享乐，唯一的爱好就是弹琴，与众不同的是，他弹琴只弹《履霜操》这个曲子，其余曲子一概不弹。为此，人们给他起了个绰号叫"范履霜"。

为什么范仲淹对《履霜操》情有独钟呢？这还要从这首曲子的来历和范仲淹一生的经历说起。

《履霜操》这首曲子，相传是周朝尹吉甫的儿子伯奇作的。伯奇是一个品行高尚的孩子，但却遭后母的诬告被赶出了家门，过着流浪的生活。有一天早晨，伯奇走在布满严霜的路上，联想到自己的遭遇，感到很悲伤，于是操琴弹了起来。琴曲的词意是："履朝霜兮采晨寒，考不明其心兮听谗言。孤恩别离兮摧肺肝，何辜皇天兮遭斯愆。痛殁不同兮恩有偏，谁说顾兮知我冤。"伯奇弹完这首自编的《履霜操》琴曲后，便投河自杀了。伯奇死了，但这首琴曲却留传下来，并且成为人们喜爱的一首琴曲。

古人视弹琴为高雅，他们弹琴并非完全为了娱乐，而是借弹琴培养自己的情操，表达自己的心声。

范仲淹是一位忧国忧民的大臣，他看到当时的北宋，虽表面上一片升平，但实际上已是危机四伏。为此，他不断地向朝廷提出挽救危机的主张，并积极进行改革，每遇国家大事，总是慷慨直言，从不考虑自己的得失和安危。但他的一番忠诚却屡遭小人诬陷，他曾三次被贬。范仲淹的好友敬佩他的忠心和斗争精神，在他三次被贬，为他送行时，依次说过："范君此行，极为光耀"，"范君此行，愈觉光耀"，"范君此行，尤为光耀"。为此，范仲淹有了一个"三光"雅称。在他第三次被贬后，他的诗友梅尧臣曾写了一首《灵乌赋》寄给他。诗意是说，他在朝中屡次直言都被当作乌鸦不祥的叫声，希望他以后能缄默不语，少管闲事，这样才能保平安、荫妻子。范仲淹收到这诗后，立即回了一首《灵乌赋》，说，不管人们怎样讨厌乌鸦的哑哑之声，他却"宁鸣而死，不默而生"，表达了他的不屈和斗争精神。

范仲淹回想自己一生的经历，与伯奇《履霜操》琴曲所诉说的内容，多有相似之处，所以，也就特别喜欢这首琴曲，这就是他独弹此曲的原因。范仲淹独弹此曲，既是对自己人格操守的激励，也是对国事民生的关心，是他心声的表达。

范仲淹为官清廉，施政有方，多有建树。他在西北边疆时，号令严明，很有威严，西夏人不敢进犯。当时他的官职是龙图阁直学士，为此，羌人称他"龙图老子"，西夏人称他"小范老子"。当时民间也流传有"朝廷无忧有范君，京师无事有希文"的歌谣，"希文"是范仲淹的字。

范仲淹为官近 40 年，足迹遍布大半个国家，在州县为能吏，在边境为能将，在朝廷为良相。在文人中他更是出类拔萃的才子。范仲淹的一生，实践了他"先天下之忧而忧，后天下之乐而乐"的名言。他的精神和品德，一直为人们所传颂和敬仰。历代的仁人志士也纷纷以他为楷模。

"包龙图"拒收贺礼

天性峭嚴断车電梯
關節不到間羅包老

包拯

包拯是一位传奇人物,他一生惩恶扬善,名扬天下。

包拯是历史上的一个真实人物,生于公元999年,死于公元1062年,北宋庐州合肥人,即今安徽合肥,字希仁。宋仁宗时,任监察御史,后任天章阁待制、龙图阁直学士。

包拯为官时,执法如山、不畏权贵,审理过许多大案,被人视为清官,称其为"包青天"。经过小说、戏剧的宣扬,包拯之名更是名扬四海,深受后人推崇。

包拯不仅受到百姓的敬仰和爱戴,也受到皇帝的重视和赞扬。宋仁宗喜欢画画,善画肖像,为了表示对包拯的特别嘉奖,决定亲自为他画像。仁宗为他画的是幅半身像。画是皇帝画的,故称"龙图",于是,包拯就有了一个"包龙图"的绰号。

人们还喜欢称包拯为"包黑子"。在戏剧中，包拯完全是一副黑色的打扮，黑头、黑脸、黑胡须、黑衣服，在人们的印象中，他是一个皮肤黝黑的人，实际包拯的肤色与常人一样，根本不像戏剧和故事里描绘得那么黑。人们之所以这样描绘，是因为人们认为黑色是刚正无畏的象征，代表着威严和铁面无私，与包拯的身份和精神相吻合。人们称他"包黑子"，是对他的褒奖。

在合肥的包拯后人曾保存有一幅包拯的画像，这幅画像是包拯60岁生日时，他的学生为他画的。这幅画全长 2.6 米，宽 0.9 米，用麻宣纸精心装裱，画中的包拯，身高 1.7 米，其脸色和常人一样，并非黑色。画像上加盖有皇帝宋仁宗和一些大官的印章，是包拯的真迹画像无疑。蒋介石、毛泽东、陈毅、董必武、张治中等都看过。可惜的是，这幅珍贵的包拯画像，在"文革"中被红卫兵烧掉了。

包拯虽不是小说里写得那么黑，但他面容严肃，不苟言笑却是事实。有"包拯笑比黄河清"之说，意思是，黄河水 500 年才清一次，而权贵豪绅想要得到包拯一笑，比黄河水清一次还要难。而包拯对人民却是关怀备至，为了便于百姓申冤，他一改平民告状不能直接上大堂的规制，让告状人可以直接见官，任何人不得阻拦刁难，百姓赞叹道："关节不到，有阎罗包老"，意思是不必用钱财打通关节，有刚正无私，像阎王爷一样有威严的包公为我们做主，我们的冤情一定能解决。

包拯对惩治贪官有过一段精辟的论述，他说："臣闻廉者，民之表也；贪者，民之贼也。今天下郡县至广，官吏至众，而赃污擿发，无日无之。"而朝廷"虽有重律，仅同空文，贪猥之徒，殊无畏惮"。这样必然会使民生凋敝而国家危急，所以，今后对贪赃官吏必须依法严惩，"纵遇大赦，更不录用"。

包拯对贪官的惩治，毫不手软，不惧权贵，贵戚官宦多畏惧之。

包拯执法，不徇私情。他在家乡庐州为官时，他的一从舅犯法，他毫不留情地将其在公堂上责挞了一顿，并从严惩处。

包拯为官极为清廉，他在端州为官时拒收端砚被人广为传颂。端州盛产端砚，端砚是当时士大夫最喜爱的珍品，每年都要向朝廷进贡。过去，这里的长官借进贡之名，往往增加税额，用来贿赂朝廷权贵，讨好各种关系和中饱私囊。包拯到任，决心改掉这一流弊，而且表示，自己离任决不持一砚归，他真正做到了。1973 年，合肥清理包拯墓时，在包拯及其子孙的墓中仅发现一方普通砚台而无端砚，也充分证实了这一点。

包拯廉洁自律，据说包拯 60 岁生日时，皇帝要给他过寿，包拯嘱咐儿子，办寿可以，但决不能收寿礼。结果，过寿那天，却来了两位特殊的送礼人物。一个是包拯同朝为官的同乡挚友张奎，张奎来时，包拯的儿子告诉他，父亲交代一概不收礼，张奎说："别人的礼可以不收，我的礼得收下。"说完作诗一首："同窗同师同乡人，同科同榜同殿臣。无话不谈肝胆照，怎能拒礼在府门？"包拯接读后，回诗一首："你我老是知音人，肝胆相照心相印。寿日薄酒促膝谈，胜似送礼染俗尘。"张奎读后，无言以对，喝了薄酒，携礼而归。

来的另一位特殊送礼人物是皇帝派来的老太监，包拯的儿子对老太监说，父亲有交代决不收礼。老太监说，别人的礼不收，皇上的礼能不收吗？便写了一首小诗叫包拯的儿子送给包拯，诗中写道："德高望重一品卿，日夜操劳似魏徵。今日皇上把礼送，拒礼门外理不通。"包拯看过之后，回了一首诗："铁面无私丹心忠，为官最怕叨念功。操劳自是分内事，拒礼为开廉洁风。"老太监看了包拯的诗，只好把礼物带了回去。此事虽为传说，但也从一个侧面反映了包拯的高尚品德。

现今，有些官员热衷于过寿设宴，一是显示自己的阔气和威风，一是借机受贿敛财，成了贪腐的手段，有的还用这种手段敛聚了巨额财富，但最终是成为贪官被揪了出来。为官要清廉，包拯的精神和做法值得借鉴和学习。

敢将高官拉下马的"铁面御史"赵抃

赵抃，浙江衢州人，字阅道，号知非子。

赵抃历经北宋中期仁宗、英宗、神宗三朝，为官五十多年，是北宋敢于担当、勇于向腐败和邪恶势力做斗争的清官，有"铁面御史"之称。

不惧权势，敢于反腐，有"铁面御史"之称的赵抃。

赵抃任御史时，忠于职守，疾恶如仇，对朝中的贪官、恶官、庸官，不管他权势有多大、官职有多高。他都毫不畏惧地进行弹劾。而且穷追猛打，直到将其拉下马。在这期间，被他拉下马的高官权贵就有宰相陈执中、枢密使王德用、枢密副使陈旭、宣徽使王拱辰、翰林学士李淑。其中，弹劾宰相陈执中、枢密副使陈旭，阻力最大，斗争过程最曲折、影响也最大。

陈执中是仁宗皇帝的老师，又有拥立之功，深受仁宗皇帝的信任，但陈执中任宰相时，过失很多，而他的宠妾又依仗他宰相的权势，一月之间竟虐杀了三个侍女，如此暴行，引起人们的愤怒。朝野上下对陈执中更是议论纷纷，赵抃认为陈执中不能再任宰相，便带头对他参劾，半年之内，他向仁宗皇帝上奏了十二道本章。但仁宗皇帝始终护着他，对其不进行处理。赵抃见仁宗皇帝不为所动，竟冒着风险，率领全御史台的官员去见仁宗皇帝，要求罢免陈执中，赵抃的行动也得到了欧阳修等正直官员的支持。最终，仁宗皇帝不得不罢免了陈执中的相位。赵抃终于将这位权倾一时的高官拉下了马。

参劾陈旭也经历了一番斗争，陈旭也是仁宗皇帝所信任的高官，但赵抃认为陈旭既非正直之士，亦非廉洁之人，他交结宦官、姑息小人。专营拍马逢迎，这样的人不宜担任枢密副使这样的要职。朝中的大多数官员都有这种看法，支持赵抃弹劾陈旭。为此，赵抃不罢休，坚持参劾他两年，最终陈旭不得不自请辞职。仁宗皇帝下旨免了他枢密副使的职务。

赵抃爱国爱民、不谋私利、为官清廉、严以律己，这正是他敢于向腐败和邪恶势力斗争的原因。

一次，赵抃过江时，看到江水清澈透亮，便立下誓言："吾志如此江清白，虽万类混淆其中，不少浊也。"后来，人们便将此江叫清白江，赵抃也因此有了"清白江人"的称号。

赵抃提倡"三廉"：一、廉于自身，从自身做起；二、廉于职务，不能利用手中的权力谋取私利；三、廉于社会，提倡节俭，反对奢靡。

赵抃一生不置产业、不蓄声伎，始终过着简朴的生活，无论到哪里赴任，都是匹马只身，只带平生喜爱的一琴一鹤，宋神宗称他是"匹马入蜀，以一琴一鹤自随"，成语"一琴一鹤"便由此而来，用来形容为官清廉。

赵抃还有一个习惯，即白天办完公事后，每到晚上，必要焚香拜天，口中念念有词，有人好奇，问他向上天密告什么？赵抃笑着说："哪是什么密告，只是将自己白天做过的事，一件一件地在心里再说上一遍，借经检点反思。"赵抃这种每日反省，严以律己的精神值得赞扬和学习的。

赵抃的品格和精神，一直深受人们的敬仰和推崇。苏东坡赞誉其人品操守是"玉比其洁，冰拟其莹"。宰相韩琦则称赞他是"世人标表，盖以为不可及"。

"司马牛"巧拒走后门

司马光是我国北宋著名政治家和史学家。他有一个绰号叫"司马牛"，这个绰号是苏东坡给他起的。苏东坡对司马光的学识和品格十分敬佩，但两人在政治观点上却有分歧。一次，两人在讨论变法问题上发生了争执，司马光固执己见，毫不退让。苏东坡既赞赏他认真，又感到无奈，于是，便给他起了一个"司马牛"的绰号。意思是他办事像牛一样固执认真，只要是认准的事，就一定坚持到底。司马光在政治上是这样，在治学上也是这样，在品格上，更是始终如一，终生不变，一生洁身自好，光明磊落。

司马光十分憎恶当时社会上阿谀奉承、请客送礼、拉关系走后门的庸俗风气。他在做宰相执掌大权时，为了抵制这种恶习，杜绝门生故吏及亲朋好友的馈赠请托，他想了一个妙法，写了一篇榜文悬挂在客厅里。榜文言简意赅，全文如下："访及诸君，若睹朝政阙遗，庶民疾苦，欲进忠言者，请以奏牍闻于朝廷，光得与同僚商议，择可行者进呈，取旨行之。若但以私书宠谕，终无所益。若光身有过失，欲赐规正，即以通封书简，分付（吩咐）吏人，令传入，光得内身省讼，佩服改行。至于整会官职差遣，理雪罪名，凡干身计，

终生严以律己，洁身自好的北宋政治家、史学家司马光。

并请一面进状，光得与朝省众官公议施行，若在私第垂访，不请语及，某再拜咨白。"因为榜文悬挂在客厅中客座的上方，故名"客位榜"。客人来访，见到这篇"客位榜"自知走后门无望，也就没人提了。司马光用"客位榜"巧拒"走后门"着实有效。

司马光的这份"客位榜"一直被其家人视为传家宝而珍藏着。司马光去世 87 年后，南宋著名史学家洪迈在司马光的曾孙司马伋那里见到了这份"客位榜"，并将其收录在他的《客斋随笔》一书中。

司马光作为一位封建社会的士大夫尚能如此严以律己、公私分明，确实难能可贵。这对今天的反腐倡廉也是很有意义的。

司马光悬挂"客位榜"，是警告别人不要向他行贿、走后门。司马光还为自己写下了一个"布衾铭"，也很感人，布衾就是被子，司马光在自己盖的被子上，题写了如下的座右铭："颜乐箪瓢，万世师模；纣居琼台，死为独夫；君子以俭为德，小人以侈丧躯。然则斯衾之陋，其可忽诸？"司马光以此方式，时刻提醒自己勿忘节俭。

司马光严以律己，洁身自好，始终过着简朴清贫的日子。他在编写《资治通鉴》时，因住宅简陋，夏天闷热，无法工作，便让人在屋子里挖了一个大坑，砌成一间地下室，地下室冬暖夏凉，成了他写作的好地方。而当时的大臣王拱辰的宅第却非常豪奢，中堂为三层，最上一层称朝天阁，夏天炎热，王拱辰则上朝天阁乘凉。时人戏称："王家钻天，司马入地。"

　　司马光老年体弱多病，其好友想用五十万钱为他买一婢女，司马光婉言拒之，他说："吾几十年来，食不敢常有肉，衣不敢有纯帛，多穿麻葛粗布，何敢以五十万市一婢乎。"司马光妻子去世后，司马光无钱给妻子办丧事，只好把仅有的三顷薄田典当出去，置棺理丧。司马光为官近四十年，而且位高权重，竟然典地葬妻。清廉至此，着实令人敬佩。

"拗劲"十足的改革家王安石

　　王安石是我国北宋时期著名的政治家、思想家、改革家、文学家。列宁称他是"中国十一世纪的改革家"，梁启超则说他是"三代下唯一完人"。在文学上，他出类拔萃、独树一帜，与韩愈、柳宗元、欧阳修、苏洵、苏轼、苏辙、曾巩并称"唐宋八大家"。

被列宁称为"中国十一世纪的改革家"的王安石。

　　王安石为人耿直，性格倔强。他勇于奋斗、敢于作为、做事果敢、不惧权势，勇于冲破传统观念。只要他认准的事，就会义无反顾地做下去，任何人也无法扭转他的决心，故人们送他一个绰号"拗相公"。

　　王安石认为"天变不足畏，祖宗不足法，人言不足恤"，这正是他"拗劲"的所在。也正是有了这种拗劲，他才敢于变法，敢于在变法中大刀阔斧地改革，敢于面对种种责难和攻击不退缩。司马光曾多次写信给他，指出他变法中的问题，劝其放弃变法，王安石却坚持己见，并写了《答司马谏议书》，公开表达自己的立场。其文章写得立场鲜明、文字激昂，其"拗相公"的拗脾气表现得十足。

王安石这个"拗相公"的拗脾气也确实给变法带来许多问题。他在用人上，因拗脾气不接受劝告，用了许多奸邪之人，这些人不仅影响了变法的发展，而且在变法受挫时，成了攻击陷害他的人。有一年大旱，民不聊生，官员郑侠画了一幅《流民图》给神宗皇帝，并哭泣说，这是天怒人怨，说只要皇上下令停止变法，十日之内必会下雨，如若没雨，愿以人头抵欺君之罪。宋神宗无奈，便诏令暂停青苗法、募役法等八项新法。巧的是，三天之后，果然下了一场倾盆大雨。神宗从此对变法产生了动摇，而王安石不久也被罢了官。

王安石被罢官后，回到金陵，建了一所住处，十分简陋，没有围墙，仅能遮蔽风雨而已，别人劝他改善一下，他毫无反应。司马光和苏东坡都与王安石政见不同，也都对他的拗劲有看法，但对他的人品和学问却是很敬重的。苏东坡曾因反对新法被贬，几乎丢了性命。但两人私交却很深，王安石被罢官回到金陵时，苏东坡还专门去他那里与他促膝长谈。司马光在得知王安石去世时，还专门建议朝廷对他厚加礼遇。王安石也因此得到"文"的谥号，有了"王文公"的称号。

王安石变法虽然失败了，但他那强烈的忧国忧民的情怀和不畏艰险、勇往直前的"拗劲"是值得赞扬和学习的。

王安石的拗劲不仅表现在变法之中，在生活中，王安石也是这样固执。他不修边幅，也不讲究卫生，经常长期不换衣服不洗澡，身上散发着一股难闻的气味，弄得别人都不愿接近他。很多人劝他改变这种坏习惯，他就是不听劝，仍旧我行我素。苏东坡为此曾说他是："衣臣虏之衣，食犬彘之食，囚首丧面而谈诗书。"他吃东西时，也是漫不经心，随手抓到什么吃什么。有一次，仁宗皇帝设宴，王安石却将茶几上的一盘鱼食当作佳肴吃掉了。又一次包拯招待同事，司马光和王安石都参加了，包拯平时很少设宴招待人，宴席上，包拯劝酒，不胜酒力的司马光都喝了几杯，可王安石却任凭包拯反复相劝，就是一口不喝。这种做法在当时是很不礼貌的行为，可王安石拗劲上来却不管那一套。

为反腐败而献身的"冷面寒铁"周新

　　中央电视台电视剧频道曾在黄金时段播出过一部电视剧《大明按察使》，该剧讲述了一位明朝按察使无私审案、不畏强暴、惩恶扬善的故事。这位按察使就是被人誉为"冷面寒铁"的御史周新。

　　周新，明初南海（今属广东）人，原名周志新，因明成祖朱棣常称呼他"新"，于是，便以"新"为名称周新。

　　周新在明成祖永乐年间，先后任监察御史、按察使。周新在任监察御史期间，正直敢言，不惧权贵，不论是皇亲国戚还是达官显贵，只要有所不端，一律上书弹劾。因此，朝中官员都非常敬畏他。怕见到他，说"宁饮三升醋，不见周志新"。还给他起了一个"冷面寒铁"的绰号。意思是说他像寒铁一样不讲情面。这个绰号流传很广，甚至有大人拿来吓唬小孩，只要一提"冷面寒铁"这几个字，小孩就吓得躲藏起来。

　　周新任浙江按察使时，为了了解真实情况，常常微服到所属州县巡视。一次，他通知某县，说某日他要去巡视。可他却提前扮着普通百姓的模样来到该县，并故意触怒县令而被关入大牢。在狱中，周新与众囚犯多次交谈，从中掌握了大量有关县令收受贿赂、勒索钱财等贪赃枉法的罪证，然后，亮明了自己的身份。结果，县令被罢免。各郡县的官员得知后，也都为之震惊，不敢妄为。

周新对贪官污吏疾恶如仇，惩治严厉，而对清官和百姓都是爱护有加。周新去浙江任职前，浙江有些监狱中，长期关押着一批冤屈的民众，这些蒙冤的民众长期被关押，没有出头之日，有的就死在了狱中。当得知周新要来浙江任职时，都高兴

周新冤案真相大白后，被朱棣敕封为"城隍之神"，这是杭州城隍庙城隍爷周新的塑像。

地呼喊："我得生矣！"果然，周新一到，就首先清理冤狱，那些蒙冤的人得到了昭雪平反。

周新听说钱塘县县令叶宗人是位清官、廉洁奉公，一心为民，他便微服前去调查。在钱塘县境内听到的都是百姓的赞誉，随后，他又乘叶宗人外出时到其家查访，发现其家中非常简陋，没有任何贵重之物，仅在竹箱中发现一包太湖银鱼干。这使周新十分感动，第二天特地宴请叶宗人，大力表扬他的清廉。叶宗人得到身为浙江按察使的周新的赞誉，也很高兴，从此更加勤政爱民，被人们称为"钱塘一叶清"。

周新为官刚正不阿，对己则廉洁自律，从不收取不义之财。浙江民间流传着一个"周新挂鹅"的故事，说有人给他送来一只烤鹅，家人推辞不掉就收下了。周新回到家中，得知此事，为了杜绝此类事情再次发生，就把烤鹅挂在家中显眼之处。此后，再也没人敢来

送礼了。

周新严以律己，始终过着简朴的生活，他没做官时，妻子在家靠织布自给，做官后，妻子仍然一身布衣。有时，偶尔参加官员夫人的宴会，穿着也很简朴，如同农妇一般，参加活动宴会的官员夫人们，受她影响，也都换上和她一样的衣饰。

周新性格刚毅，疾恶如仇，一生都在同贪官污吏、腐败现象做斗争，但最后，却遭诬陷被害，献出了自己宝贵的生命。陷害他的是当时权重一时的锦衣卫指挥使纪纲。一次，纪纲派手下一位千户去浙江办事，这个千户倚仗着纪纲的权势，到处敲诈勒索，作威作福，周新下令逮捕他，却被他闻风逃走。不久，周新进京，恰巧在河北涿州遇到他，便毫不手软地将他逮捕入狱，不料他又越狱而逃，并跑到主子纪纲处告状。纪纲大怒，便捏造罪名向明成祖诬告周新，朱棣一时不辨真假，便命人缉捕周新。周新被押至朱棣面前时，仍不肯低头，慷慨陈词："臣奉诏擒奸恶，奈何罪臣？"意思是说，我奉了你的旨意去惩治腐败、擒拿贪官污吏，你怎么反说我有罪了。朱棣见周新当面指责他，一时气极，便下令将周新处死。临刑之际，周新毫无惧色慨然说道："生为直臣，死当作直鬼！"

周新被害的消息传出后，百姓痛哭流涕，纷纷为他立碑、立祠、修庙纪念这位好官。他的家乡广州，人民出于仰慕他的刚正忠直，不仅在乡贤祠里祭祀他，还把他故里所在地的街巷改称为"仰忠街"。此街名保留至今，一直深受人们敬仰。

后来，纪纲因罪被诛，周新冤案真相大白，朱棣也感到后悔，叹道："岭外竟有如此直臣，真是枉杀了他啊！"为了表彰和感念他，敕封他为"城隍之神"。

"鲁铁面"铁面无私惩治腐败

鲁穆是明朝著名的清官。

鲁穆出身贫寒，深知百姓疾苦，从小就立志做个清官，造福百姓。他曾在自己的案前写下了咬菜根做事的誓言，意思是日后为官，一定要廉洁奉公、不能忘记穷苦的百姓。

当他考中进士时，地方官府知其家贫，特意准备了馈赠，要送他进京入仕。但鲁穆却坚辞不受，他说："我还没为国家和百姓效力，难道就先要占地方乡里的便宜吗？"

鲁穆为官后，更是拒腐蚀。他任都察院监察御史时，常州有一个巨商，犯法当斩，其家人托鲁穆一个亲戚携巨款请求鲁穆免其死罪。面对巨款鲁穆丝毫不为所动，并斥责说情的亲戚道："你还不知道我吗？我要想致富还用等到今天吗？"随后审结了案子，处决了此巨商，维护了法律尊严。

右佥都御史鲁公

立誓"咬菜根做事"的鲁穆

鲁穆任福建按察使佥事时，当时的福建远离朝廷、官场腐败、豪强跋扈、冤狱累累，官府和黑恶势力相互勾结，百姓怨声载道却无处申冤。鲁穆到任后，雷厉风行、平反冤案、伸张正义、惩治豪强，使福建的状况大为改观。

在晋江，百姓集资建造了四座水闸，可灌溉数千亩田地，可后来却被豪强霸占，百姓告到官府，官府却不敢过问，铁面无私的鲁穆得知后，查清了情况，严惩了豪强，将水闸归还百姓。百姓感激，称他是敢于为民做主的"鲁铁面"。

鲁穆惩治腐败既不惧权贵，也不徇私情，始终铁面无私。内阁大学士杨荣是鲁穆会试的老师，其家人依仗杨荣的权势在家乡做了违法的事。鲁穆得知后，毫不留情面，秉公办理，惩处了其家人。杨荣得知此事后，并没有怪罪他，反而被他铁面无私、秉公办案的精神所感动，特意推荐他升任右佥都御史，掌管全国的刑法纠察之事。鲁穆"鲁铁面"的称号也越发响亮了。

鲁穆在泉州还办过一个案子，很受百姓赞誉。在泉州，有一李姓的男子，妻子很漂亮，李某的表兄林某是个奸猾之徒，对李某之妻垂涎三尺，只是苦于没有机会。后来，李某调职广西，林某便买通了李某的仆人，在赴任途中将其毒死了，接着霸占了李某的妻子。李某的族人看出破绽，将林某告之官府。谁知，林某早已贿赂了官员，官府不仅没将林某治罪，反将李某的族人以诬告罪逮捕入狱。得知鲁穆到任后，李某的其他族人又将此案告到鲁穆那里，鲁穆仔细审查了原来的案卷，随后又进行了明察暗访，终于弄清了案情，并找到了林某杀弟夺妻、收买官员的罪证，于是，将林某就地正法，并惩处了受贿的官员。

此案在当时影响很大，长期受压抑、无处申冤的百姓，终于有人为他们申冤做主了。百姓赞颂感激鲁穆，称他为"鲁青天"。说福建来了"鲁青天"，坏人再也不敢横行霸道了。

深受人民爱戴的"况青天"

况钟是明代一位受百姓尊敬的清官，苏州人称他"况青天"，和包拯"包青天"，海瑞"海青天"并称中国民间的三大青天。昆剧《十五贯》，就是以他的形象为背景，讲述他刚直清廉、勤政爱民、智勇破案的故事。该剧情节感人，深受人们喜爱，毛泽东和周恩来都看过，并给予很高的评价。也正是因《十五贯》的演出，使况钟清官的美名深入人心，妇孺皆知。

苏州是繁华富庶之地，地方乡绅豪富权势显赫、横行不法，府衙胥吏多是奸猾之徒，最为难治。况钟深知吏治积弊，因此，到任之后，他决定先从整顿吏治入手。他先是不动声色地对属吏进行考察，处理政事时，假装木讷，不懂政务，询问周围群吏，大都按这些吏属的意思办理。群吏非常高兴，认为又来了一个好欺骗的知府。没想到，三天后，况钟召集群吏，责问他们："先前有事应该做，你们不让我做；有的事不该做，你们强迫我做，你们贪赃枉法，欺上瞒下，罪当死。"随后，将几个罪行严重的处死，惩治了一批犯有贪污罪的官员，裁撤了一批平庸无能不作为的属官，府衙上下大为震惊，从此，不敢妄为，吏治逐渐清明。

苏州富庶，常年有皇帝派出的宦官来此采办纺织品、金银器皿和花木珍玩等。这些宦官为了中饱私囊，肆意勒索，得不到满足，便斥骂鞭打操办的官吏，平民百姓也屡遭凌虐，况钟来苏州后，对此进行了坚决打击，宦官惧怕况钟的威严，有所收敛，不敢再放肆。

况钟关爱百姓，处处为百姓着想。苏州赋役繁重，况钟到任后，详细核查了下属各县的赋税情况，多次请求朝廷减免苏州重赋。最终得到朝廷同意，减免了税粮 70 余万石，减轻了百姓的负担，给苏州人民带来了实实在在的好处。

况钟任苏州知府不到一年，整顿吏治、核减税粮、废止多项苛捐杂税、为民申冤，将苏州治理得井井有条，深受人民爱戴。《明史》记载："兴利除害，不遗余力，锄豪强，植良善，民奉之若神。"

况钟到任的第二年，因母亲去世而离职服丧，苏州百姓千般挽留，还作歌唱道："况太守，民父母。众怀思，因去后。愿复来，养田叟。"要求况钟复任的呼声很高，有三万七千多人联名上书，奏请朝廷让况钟回苏州复任。于是皇帝诏令他提前结束服丧再任苏州知府。

当况钟在苏州九年任职期满，例应上调朝廷时，苏州再次出现挽留况钟的感人场面，"饯送者数百里不绝"。苏州人张翰等近一万五千人联名上书挽留。乞求让况钟再任苏州知府。还有人作歌："况青天，朝命宣，早归来，在明年。"皇帝也顺乎民意，下旨："既有军民人等保留，着复任，吏部奏升正三品，署知府事。"于是况钟又第三次任苏州知府，这在历史上是罕见的。人民对他如此信任和爱戴，着实令人感动。这正是人民对他为官清廉刚直、勤政爱民、造福乡里的赞美。

明英宗正统七年（1442），况钟病死于苏州知府任所，享年 60 岁。人们得知其去世，罢市痛哭，苏州各县民众都赶来哭奠，就连

况钟是深受人们爱戴的清官，有"况青天"之称，这是人们为他立的塑像。

邻近的松江、常州、嘉兴、湖州等地的百姓也络绎不绝地前来吊唁。第二年，当他的灵柩从运河运回故里时，民众倾城而出，白衣白帽，站满两岸，哭奠祭送。为了缅怀他，苏州府和属下各县都为他建了祠堂，百姓的家里立有他的牌位祭祀。

况钟的墓建在其故乡靖安县的神仙山上，"文革"时遭到破坏，人们发现墓中除几件随身衣服和一根发簪外，别无他物，这足以证明况钟的清白简朴。1983 年，在况钟诞辰 600 周年之际，靖安县人民政府在风景秀丽的登高山上，重新为况钟造墓、塑像，并建"清风亭"，供人凭吊和祭祀。

于谦"两袖清风"美名传千古

　　于谦是我国明朝著名的清官，他为官清廉、忧国忧民，在国家危亡时勇于挺身而出，保卫了国家，人称"救时宰相"。

　　于谦严以律己，为官不搞排场，生活节俭。他被任命为兵部右侍郎兼巡抚河南、山西都御史，上任时，乘坐的是普通的骡马车，既无锣鼓仪仗，也无卫兵随从。他下去暗访时，也都是轻车简从，从不惊扰百姓。在生活上，他衣不华美，食不兼味。别人过生日，大搞庆典，大收贺礼，而于谦过生日，谢绝一切贺客，拒收所有贺礼。

　　于谦对当时官场上的腐败现象深恶痛绝，当时，太监王振把持朝政，贪污盛行，贿赂成风，大臣进京，必须送重礼，但于谦却一身正气，坚决抵制，不随波逐流。他进京时，有人劝他也带

为国为民，"两袖清风"的忠烈清官于谦。

些礼物去，哪怕是土特产。他则举起双手笑道："我带有两袖清风。"并作《入京诗》一首："绢帕蘑菇与线香，本资民用反为殃；清风两袖朝天去，免得闾阎话短长。"这便是"两袖清风"典故的由来，也是于谦反腐倡廉决心的生动表现。

1449 年，蒙古瓦剌部入侵，在土木堡战役中，明军大败，明英宗被俘，消息传到北京，朝野震惊。当时有人主张放弃北京南迁，于谦则力主抗击瓦剌，保卫北京。在此紧急关头，他临危受命，督战指挥 22 万军队，取得了北京保卫战的胜利，使国家转危为安。后明英宗也被瓦剌放了回来。1457 年，明英宗复辟，于谦这位为保卫国家做出贡献的朝廷栋梁和英雄，却被昏君和奸臣罗织罪名处死。

于谦被杀，奉命去抄家的官兵发现于谦家中空荡无余物，只有皇帝赐给他的蟒衣、剑器存放在上锁的正屋中，而这些东西他从没动用过。

于谦遇害的时候，阴云密布，大家都知道他是被冤杀的。有一个叫朵儿的指挥，将酒泼在于谦遇害的地方，恸哭，因而遭鞭笞，结果，第二天他照旧泼酒在地表示祭奠。都督同知陈逵被于谦的忠义感动，冒着风险收敛了他的尸体。后于谦女婿又将灵柩运回故乡杭州，葬在西子湖边。

明宪宗时，于谦得以平反，明孝宗时，在杭州的于谦墓旁建"旌功祠"。1751 年，乾隆南巡时，题写了"丹心抗节"的匾额。林则徐非常敬重于谦，重修了于谦的墓祠，并写下了"百世一人"的大字，悬挂在墓祠之上。

于谦早年曾作过一首歌颂石灰风格的《石灰吟》："千锤万击出深山，烈火焚烧若等闲。粉身碎骨全不怕，要留清白在人间。"这首诗真实地表现了于谦忠烈清白的一生。《明史》称赞他"忠心义烈，与日月争光"。

"一箧廉吏"轩輗的贡献

　　轩輗是明朝著名的清官，历经永乐、宣德、正统、景泰、天顺五朝。为官期间始终保持清廉的节操，廉洁自律，所到之处，在他的影响和治理下，社会风气皆为之一清。

　　明正统五年（1440），轩輗升任浙江按察使。浙江是富庶之地，官吏多奢侈腐败，轩輗决心改变这种状况。他到任后，只领取俸禄，不论寒暑只穿一件打满补丁的青布袍，居家基本上吃素食，妻儿老小亲自打水碾米。他还与下属相约，每隔三日出俸钱买肉，每次不超过一斤。即使是故友来访，也只拿豆食招待，顶多杀一只鸡，做点黍米。同僚都不堪忍受，对此既惊讶又敬佩。正是这样，在轩輗的带动下浙江官场的奢靡之风得到纠正，清廉之风开始形成。当时在浙江的镇守宦官阮随，布政使孙原贞，杭州知府陈复，仁和知县许璞都很廉洁。浙江得以大治，轩輗做出了重要贡献。

　　轩輗为官廉洁自律，甘于清贫，他在浙江这富庶之地为高官多年，当他离开杭州时，全部家当竟只有一竹箧。多年后，明英宗召见他时，问道："昔浙江廉吏考满归，行李仅一箧，乃卿耶？"意思是，你就是那个"一箧廉吏"啊。从此"一箧廉吏"的美名传开了，

以身作则，为倡导清廉之风做出贡献的轩輗。

直到现在人们还在赞美着。

轩輗的清廉很有名气，当南京督理粮储缺官时，明英宗问大臣李贤，朝中谁能胜任此职。李贤力荐轩輗，说此人清廉，唯他最合适。

于是皇帝将告病还乡的轩輗召回朝廷，任命他为左都御史前往淮上督粮。在督粮途中他不慎落入水中，浑身湿透，当时正值霜降，天气很冷，可他的行李中无一件可替换的衣物，地方官员来见时，他竟披被接见，当时府衙为他赶做了一件，他谢绝了，直到将衣服烘干，他才穿上。

轩輗廉洁自律，从不与那些贪黩奢靡的官员往来。在京城，都御史张纯设酒宴请客，轩輗厌其奢华，拒而不往，张纯派人将酒馔送上门来，他也拒不接纳，誓不与之往来。有一年年底，皇帝下旨礼部拜表庆祝，轩輗不得不去，但他去后却独居一室，撒烛端坐，拜表庆贺尚没传来，他竟未与僚友告别就回去了。

轩輗一生清廉，临终前还教导儿子："吾食吾禄，民脂民膏；下民易虐，上天难欺，尔等日后从仕，切记洁身自好，要清廉自律。"

轩輗，一个封建朝代的官员，能在腐败盛行的环境中自始至终保持清廉的节操，洁身自好，身体力行，倡导廉洁，使其所治之地面貌彻底改变，清廉节俭蔚然成风，实属难能可贵。

反腐敢碰硬的"硬黄"黄绂

　　黄绂，字用章，号精一道人、蟾阳子，明朝平越卫（今贵州福泉）人，明英宗正统十三年（1448）的进士。为官后，由南京刑部员外郎郎中一步步升迁至南京户部尚书兼左都御史，是贵州省第一位在朝廷官至尚书的进士。故有"有明贵州名宦之冠"之称。这位贵州出身的黄绂为官40多年，始终廉洁清白，所到之处，均有建树，而且敢于作为、一身正气，在历史上留有美名，是贵州人的骄傲。

　　黄绂为官廉峻刚直、公正严明、不畏权贵、疾恶如仇、敢于碰硬，被人誉称为"硬黄"。

　　黄绂初任刑部郎中的时候，遇到了一个别人都不敢办的案子。南京有一个谭姓千户，此人官虽不大，却极善权谋、背景复杂，经常倚仗权贵的势力横行霸道、为非作歹。当地官员都不敢惹他。谭千户强占了百姓万亩芦场，被人告到官府，官吏们竟不敢接这个案子，相互推诿，拖着不办。黄绂闻知大怒，挺身而出，主办此案，他不惧权贵，公正办案，经过深入查究追索，查清了案子，最终将谭千户侵占的万亩芦场还给了百姓，并严惩了这个谭千户。

　　黄绂在任四川参议督松茂兼兵备道时，不惧权势、严惩贪官污吏、打击黑恶势力。这期间，他擒拿土豪恶霸数百人，弹劾了一批不法将官，使地方百姓得以安居乐业。这期间，有一个掌管仓库的官吏是节阳王的亲戚，贪污官粮数万担，因有节阳王庇护，没人敢问，黄绂得知后，毫不畏惧、依法办事，硬是将其绳之以法，处以极刑，并惩处了仓库里有关的贪官污吏。

黄绂还曾办过一个奇特的案子。那是他任四川左参政时，在一次巡视途中，发现一座大寺庙，寺庙倚山而建，旁边有一大湖。黄绂走进此庙时，发现大庙主持年仅三十多岁，而且眼含凶光，再看佛像身上满是灰尘，便感到很可疑。待回到驻地时，得知此地有多人失踪。于是，他立即派兵包围寺庙，捉拿和尚。经审讯令人大吃一惊，原来这些和尚都是歹徒所装扮，干的是杀人越货的勾当，他们常常夜间出动，将人杀死沉于湖底，然后瓜分财物，将劫来的妇女藏于洞穴之中，供其淫乐。审讯清楚，黄绂下令诛杀和尚，捣毁寺庙，救出被劫妇女，为百姓除了一害。

黄绂对贪官污吏、黑恶势力疾恶如仇，严惩不贷，对百姓则关怀备至、处处为百姓着想。有一次，荆王朱见潚奏请迁徙先祖陵墓，朝廷同意了，黄绂担心这样会侵扰百姓，便上奏朝廷，表示反对，最终没有迁徙，保护了百姓的利益。

还有一次，黄绂到边塞巡视，发现边塞士兵的妻子衣不遮体，他心酸地叹息道："健儿家贫至是，何面且临其上。"意思是说，边防士卒的家如此贫困，我有何脸面做这里的巡抚啊。于是，他顶着压力，千方百计地为士兵争取到了三个月的兵饷，并亲自抚慰他们，帮助他们安顿家室。当黄绂离开边塞时，士卒们携妻带儿跪在道边相送。

黄绂之所以敢于碰硬，不惧权贵，敢于冒着风险为百姓谋取利益，是因为他心中装着百姓，想着国家，没有私念，正是无私而无畏。

"不私一钱知府"杨继宗

杨继宗，字承芳，山西阳城人。杨继宗为官清廉、严于自律、不惧权势、敢于担当，是明朝著名的清官，位居明朝"天下四大清官"之首。

当时的明朝政权已是贪腐之风肆虐，贪腐现象无处不在，但杨继宗却能做到出淤泥而不染，洁身自好。明宪宗皇帝曾问当时掌权的太监汪直："朝觐官中谁廉洁？"汪直回答说："天下不爱钱者，唯杨继宗一人耳。"后有人在宪宗皇帝面前诋毁杨继宗，

左佥都御史杨公

杨继宗

宪宗问进谗言者："得非不私一钱之杨继宗乎？"意思是说，你说的莫非是不私一钱的知府杨继宗吗？诋毁者惶恐，知皇帝已经知晓杨继宗清廉，从此，不敢再诋毁。杨继宗"不私一钱知府"的美名也由此传开了。

杨继宗对腐败现象深恶痛绝，他升任湖广按察使后做的第一件

事，就是让人打来清水，将衙门里里外外彻底冲洗了一遍，然后才进去理政问事。有人问他为何这样做，他说"吾以除秽也"。意思是说，我要清除前任的污浊，以此昭示他清除贪官污吏、整治腐败的决心。

嘉兴是明朝的富庶之地，朝中的权贵和宦官经过此地时，总是千方百计地索取财物，中饱私囊，地方官有的怕得罪他们，有的想借机讨好，大都满足他们的要求。杨继宗到任嘉兴知府后，一改旧弊，凡经过者只送一些菱角、芡实之类的土产和历书。一次，一位颇有权势的宦官路过嘉兴，杨继宗照例送了土特产和历书给他，宦官极为不满，非要金银财物不可。杨继宗见状，便让人到府库中取来金银，对宦官说："钱全在这里，随你取去，只是要写下取钱的官府印卷。"吓得这宦官连忙离去。

杨继宗为官清廉，爱民如子。他在任嘉兴知府时，遇到御史孔儒来嘉兴清理军籍。孔儒在清理过程中，任意鞭挞乡里老人，许多人被他打死，杨继宗对此深为不满。为此，他贴出告示："有被御史杖责致死的，来府衙报告名姓。"孔儒十分恼怒。杨继宗前去拜见他时说："你可以剔除奸弊，劝诫惩办官吏，而那些挨家挨户稽查的事情，应该由我们地方官来承担。"说的孔儒无话可对，但心里十分忌恨，决心报复。临行前，他借御史之权，突然闯入府衙之中，打开杨继宗的箱筐察看，想查出些金银财宝，安他一个贪腐之名。没想到箱筐中只有旧衣数件，别无他物，孔儒只好惭愧而去。

在嘉兴有一豪强，为非作歹，称霸一方，甚至勾结盗匪，明抢暗夺，但因其有财有势，又广交权贵，没人敢问敢碰。杨继宗到任后，正赶上此豪强与众盗劫掠一批起解的官捐案。杨继宗详查后，确定此豪强是首恶，于是将其抓捕法办。豪强家人知杨继宗清廉，不私一钱，无法用金钱打通关节，便另谋途径。恰巧这时有一位高官途经嘉兴，豪强家人便用巨金厚礼买通此高官，高官找到杨继宗，以此案无原告为由，为豪强开脱，要杨继宗将其释放。杨继宗对高官说，豪强盗窃的是官捐，要什么原告，如果要找原告的话，朝廷是失主，我这个知府就是原告。说得那位高官无话可对，结果，豪强得到了严惩，高官也被弹劾。豪强被严惩，地方获得安宁，百姓拍手称快，也更加敬重杨继宗。

杨继宗曾在他的书法作品中，提到自己"一生清虚静泰，少私寡欲，无外物"。这正是他一生真实的写照。杨继宗能在腐败之风盛行的环境中，洁身自好，做到清正廉洁，不私一钱，处处为百姓着想，勇于向贪腐邪恶势力做斗争，其精神和品格着实令人敬佩。

置棺斗腐的"青菜刘"

　　明朝时，有一位被人称作"青菜刘""刘穷"的武官，他的名字叫刘玺。

　　刘玺出身世袭军人家庭，少年时学习刻苦，饱读经书，期望通过科举考试进入仕途，结果屡试不第，后蒙荫承袭官职，做了龙江右卫军政。他为官清廉、谨慎、勤勉，受到好评，后来升任南京旗手等卫的把总，负责粮运。在这期间，明武宗的义子、锦衣卫的头子江彬以权势向刘玺强索运粮船的好处。这江彬当时权倾朝野，且手握生杀大权，无人敢得罪，而刘玺却不买他的账、宁死不给他好处费。后来，刘玺又被调至江西总管粮运的事务。掌管粮运是当时最大的肥缺，但刘玺却能做到一尘不染、丝毫不取，而且所到之处，恪尽职守，政绩突出。

　　刘玺的清廉和才能，不仅受到百姓的敬佩，就是朝中官员也都赞誉他。嘉靖皇帝也很赏识他的才干和品德，下诏任命他为都督佥事，挂总兵官印，提督漕运，总揽漕运事务，足见对其信任的程度。但漕运这块"肥肉"太诱人了，高官权贵都想从中谋利。当时的王公贵戚郭勋，凭借着自己的威势，经常率领属下大肆收罗南方的奇珍异宝。然后强迫漕运官给他们派船,将珍玩运入京城。刘玺总揽漕运后,坚决给予抵制,他知道郭勋位高权重,不好对付,但他毫不畏惧,以死抗争。他让人事先在船中准备了棺材,待郭勋派来的人来到船上时,刘玺右手持刀、左手指着来人说:"若能死,犯吾舟。吾杀汝,即自杀卧棺中,以明若辈之害我军也。吾不能纳若货以困吾军。"来人被刘玺的凛然正气镇住了,只好退走。

　　刘玺不仅为国为民敢于斗争,抵制了腐败之风,为当时的漕运事业做出了贡献,而且为官清廉、不置产业、不纳侍妾,俸禄多用来接济别人,而自己始终过着清贫的生活,他的妻子甚至连一件完整像样的粗布衣服都没有。人们称他为"青菜刘""刘穷",朋友们开玩笑地说,他就像个教书的穷学官,而家里人则称他为"穷鬼"。"穷鬼"这个绰号连皇帝都知道,以致在批阅推荐他升职的奏章时,高兴地说:"是前穷鬼耶。"

"安贫子"朱裳和"无愧亭"

朱裳

朱裳一生刚正不阿，廉洁奉公，勤政爱民，政绩卓著，是明朝著名的清官。

朱裳执法严明，不避权贵。他出任河东巡盐御史时，发现锦衣卫左都督钱宁长期派人买卖私盐，从中谋利。钱宁是皇帝的亲信、宦官钱能的养子，当时没人敢管他，而朱裳却毫无畏惧地依法惩处了他。

朱裳为人刚正，敢于直言。中宫宦官黎鉴假借给皇帝进贡之名，从山东聚敛财物，大发横财，刚直正派的监察御史王相巡按山东时，发现了他的罪行，上奏弹劾他，结果，反被黎鉴诬陷，昏庸的皇帝不辨真伪，竟将王相收监治罪。朱裳得知后，十分气愤，决心为王相翻案。他借巡按山东的机会，查明了王相被诬陷的事实。为此，他同时上了两道奏折，一是为王相申冤，陈述王相的正直和所蒙受的冤屈，一是弹劾黎鉴，列了他八大罪状。最后，虽没能使王相官复原职，却使王相免于一死。

明武宗是位极端昏庸的皇帝，重用宦官，不理朝政，挥霍无度，在奸臣江彬怂恿下外出巡游，游山玩水，先到昌平，后又乔装打扮到宣府镇，此事遭文武百官反对，明武宗不仅不听，反而下诏南巡。众臣纷纷上书阻拦，明武宗大怒，竟下令罚了 107 人在午门前跪 5 天，146 人受廷杖，想以此堵住朝臣进谏。朱裳从外地巡按回京，听说此事，不顾个人安危，冒死上书，力谏明武宗"正心、讲学、戒游侠，近君子远小人"，并大胆地要求皇帝下"罪己诏"，承认自己的错误，向黎民百姓谢罪。明武宗不仅不采纳，还将朱裳贬到偏远的巩昌任知府。在当时那种环境中，朱裳敢于冒死进谏，其忧国忧民的精神令人感动和敬佩。

朱裳廉洁奉公，又治吏有方，使贪官污吏有所收敛，官场开始兴起一股清廉之风。但有官员忍受不了这种清苦，并认为朱裳这种清廉在腐败的大环境下无法坚持下去。有一个官员在朱裳的书案上写了"清如水，难到底"六个字。朱裳发现后，在旁边又续写了六个字："如水清，饥杀伧"，表明自己就是要清白如水，一清到底，扼杀那些鄙陋的小人，表达了与邪恶、腐败斗争到底的决心。

朱裳廉洁自律，始终过着简朴的生活，他以清贫为乐，年轻时，自号"安贫子"这也成了他的绰号。当官后，还一直让妻子亲自烧火做饭。饭菜也十分简单，很少见荤腥，同僚为此送他一个"长斋"的绰号。他听了之后，索性将自己的号改为"安斋"。

妻子生孩子时，朱裳穿一身旧衣，亲自下厨做饭。接生婆来了，认为他是仆人，还吆喝他做这做那，当接生完了，从朱裳手中接过接生费时，才知道他是布政使大人，感动得直落泪。

朱裳父亲去世，他回家守制。此时，他家中仍是"草舍席门"，"一如寒士"。他为官几十年，没为家里添置一亩地，没有翻修过一

间屋，却常常尽其所有周济乡邻，救助穷苦之人。人们敬佩他的人品和清廉、爱民、正义、敢言的风骨，在家乡为他修了一座"无愧亭"，并立数块石碑表彰他的功德和业绩。

朱裳的高尚品德，受益于父亲的教诲。其父朱凤对他要求非常严格，一再教育他要以先贤圣人为榜样，廉洁守正，做官为民。朱裳任浙江左布政使时，将父亲接到自己的住处赡养，父亲省吃俭用，说自己虽年老，一碗饭，一身衣，一床被足矣。朱裳同僚见他父亲衣服实在破旧，便利用祝寿的机会送了一件新衣给他，却被坚辞谢绝。

有一个典故叫"邝朱廉俭"，说的就是朱裳和另一位明朝清官邝野受父亲的教导和影响，一生清廉简朴的故事。

邝野曾任兵部尚书，他任陕西副使时，曾给父亲寄过一件衣服，父亲见到非常生气，回信责备他："你掌管法律，应当洗雪冤案，解决长期积压的案件，不要有愧于你的官职，从哪里得到这件衣服，竟然用它来玷污我。"并把衣服封好退了回去。邝野拿着书信跪着诵读，哭泣着接受父亲的教诲。从此之后，他更加严格要求自己，最终成了受人尊敬的清官。

"海青天"海瑞反腐不怕死

海瑞，字汝贤，号刚峰，人称刚峰先生，广东琼山（今海口市）人，明朝著名清官。

海瑞中举之后，当了县学的教谕，海瑞刚当上教谕就做了一件不同凡响的事。一次，提学御史到县学视察，人们都对他行跪拜礼。海瑞认为县学是教导学生的地方，不是衙门，所以反对在县学行磕头叩见礼。当时行礼的时候，别人跪伏在两边，而他却独站中间，其样子很像一个笔架。为此，有人给他起了一个"笔架博士"的绰号。

海瑞为官后，提倡反腐倡廉，废除弊制，建立新规，严惩贪腐。

他任浙江淳安县知县时，一上任就革除了历任相沿的"知县常例"，即通过加收田赋所形成的知县补贴。"知县常例"取之于民，却用作送礼行贿。这种腐败现象在当时很盛行，没人去触动，而海瑞却坚决将其废除了。

海瑞任应天巡抚之后，立即颁布《督抚宪约》，明确规定，巡抚出巡各地，府、州、县官一律不准出城迎接，也不准设宴招待。只准吃一般的饭，并对伙食标准做了规定，物价高的地方纹银三钱，

物价低的二钱。一改当地官场讲
排场、显威风、大吃大喝之风。

海瑞一方面在自己的管辖之
地严惩腐败、立规矩、定制度，
严格执行。另外，对官场上的各
种腐败现象，则给予坚决抵制。

海瑞在任淳安县知县时，严
嵩的党羽、都御史鄢懋卿奉旨视
察盐政，出发前，他假惺惺地发
了一个通告，说自己"素性简朴，
不喜承迎"，让各地官员"毋得
过为华奢，靡费甲里"。实际上，
他一路下来，无不勒索钱财，大
吃大喝，讲排场、显威风，各地

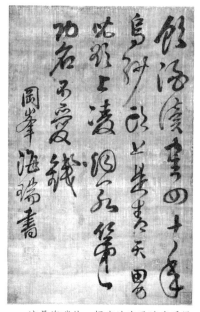

这是海瑞的一幅表达自己清廉爱民
心迹的书法。

官员都不敢怠慢。海瑞对此非常愤恨，决心抵制。在鄢懋卿快到淳
安时，海瑞派人送去禀帖。帖中，海瑞首先称赞了鄢懋卿的通告，
接着委婉地指出，听说你一路而来，各地皆有酒席，而且供应奢华，
连溺器都是银的，不知真假。接着说道，我们淳安"邑小不足容车
马"，且供应不足，不知如何接待，请予明示，鄢懋卿见到此帖，
很是愤怒，但又不好发作，只好回复按通告执行。这样一来，便无
油水可捞，于是，便绕道而去了。

还有一次，胡宗宪的儿子来淳安。此公子依仗其父的权势，在
别处都受到高规格的招待，府县长官不仅要亲自出面宴请和出城迎
送，还要送钱物。而来淳安，不仅知县不出面，驿丞也仅用几钱银
子招待他。于是，胡公子怒发淫威，令人将驿丞绑了，倒着吊了起
来。海瑞闻讯，立即令人将他拘押。接着海瑞将他押送到总督衙门，
还给他父亲写了封信，说此公子必定是假冒，因总督大人节望清高，

不可能有这样的不肖之子。胡宗宪知是儿子不是，不便发作，只得忍了。

海瑞不惧权势，勇于反腐，严惩贪官污吏的做法，令官场震惊、贪官悚畏。当海瑞以右佥都御史巡抚应天十府时，一些贪官污吏害怕他的威严，主动辞官离去。一些显赫的权贵也忙着将原来显示地位的红漆大门改漆成黑色，在江南监督织造的宦官也都减了车马随从。

海瑞反腐不怕死，皇帝也敢碰。嘉靖四十五年（1566），海瑞向明世宗皇帝呈上了《治安疏》，措辞尖锐地批评明世宗不理朝政、迷信巫术、生活奢华等问题。希望世宗皇帝能痛改前非、留心政事，使国家大治。

世宗皇帝读完海瑞的《治安疏》，十分愤怒，把《治安疏》扔到地上，对左右侍从说："快把他逮起来，不要让他跑了。"旁边的宦官黄锦说："他自知冒犯该死，上疏时就买了一口棺材，还和妻子诀别，遣散了奴仆，正在听候治罪，是不会逃跑的。"世宗皇帝听了，默默无语，一天里又反复读了多遍。感叹地说："这个人可与比干相比，但朕不是商纣王。"世宗皇帝虽然知道海瑞说得对，但还是将他下了大狱。直到世宗去世，海瑞才被释放，官复原职。

海瑞一生刚正不阿，惩贪治恶，反对腐败，倡导廉洁，深受百姓的尊敬和爱戴，称他为"海青天""南包公"。

万历十五年（1587），海瑞病逝于南京右佥都御史任上。海瑞没有儿子，佥都御史王用汲代为主持丧事。王用汲看到海瑞住处用葛布制成的帷帐和连贫寒文人都不愿使用的破烂竹器，感动得悲泣不已，凑钱为海瑞办理了丧事。海瑞死讯传出，南京的百姓罢市悼念。海瑞的灵柩用船运回家乡时，穿着白衣、戴着白帽的人站满了两岸。祭奠哭拜的人络绎不绝，足见海瑞这位清官在人们心中的地位。

誓将贪官拉下马的"朝廷怪臣"满朝荐

满朝荐是明朝著名的清官。满朝荐少时聪慧勤奋，17岁中秀才，25岁中举人，但从26岁至41岁，15年间都屡试不第，但他不灰心、不气馁、越发勤奋努力，终于在44岁那年，中了进士。其坚韧不拔的求学精神，一直为后人所赞叹。

满朝荐为官清廉、勤政爱民、造福一方。他任陕西咸宁知县时，正值陕西旱情严重、矛盾尖锐、治安混乱、民不聊生。满朝荐到任，轻车简从、微服私访、体察民情。冒风险开仓放粮、赈救灾民。接着兴修水利、整治浐灞二水，使农业有了好的收成。他积极大办乡学、教化百姓、使民风大为好转。他大力整顿治安、惩治豪恶、安民兴业。他在任两年零五个月，就将咸宁治理的社会安定、夜不闭户，百姓安居乐业，官吏不敢贪腐，人们对他敬佩如神。

满朝荐刚正不阿，对贪官污吏疾恶如仇，与其斗争，不怕罢官，不怕坐牢，不怕杀头，不将贪官污吏拉下马誓不罢休，故有"朝廷怪臣"之称。他在官场24年，却因反对贪官污吏，与其斗争，而被罢官3次，坐牢7年，2次革职归耕，被排斥达19年之久。

满朝荐任咸宁知县时，正值陕西镇守、税监梁永横行陕西、民怨沸腾之际，梁永在陕西 8 年，横行乡里、为非作歹、搜刮民财、残害百姓，激起 3 次民变。3 次民变都被镇压，死伤 2 万多人，百姓对其恨之入骨。梁永原是皇宫御马监监丞，是魏忠贤的亲信，他虽作恶多端，民愤极大，但却无人敢碰。原富平知县王正志、渭南知县宋贤、巡抚贾待问等都因揭露他的罪行，而被他所谋害，以致他所到之处，县令皆逃。而满朝荐却毫不惧怕，为保护百姓，保一方平安，决心与梁永作坚决斗争，誓将这个贪官恶吏拉下马。

不怕罢官、不怕坐牢、不怕杀头，誓将贪官拉下马的"朝廷怪臣"满朝荐。

满朝荐不怕梁永的权势，捕捉了他手下作恶多端的亲信税吏王大义，下狱问罪，梁永大怒，竟亲领恶党百余人，闯入县衙，伺机报复，结果，被早有防备的满朝荐赶走。

当满朝荐得知梁永手下向咸阳知县宋时际索要大批财物，并准备外运藏匿时，大怒，亲率队伍拦阻并与之斗争。事后，梁永派心腹入京诬告满朝荐"犯上作乱"，说他和咸阳知县宋时际劫掠税银、刑禁税役。结果皇帝听信诬告，下旨将宋时际逮捕，将满朝荐降职。

满朝荐深知要搬倒梁永这样有深厚背景的恶吏并非容易。时为陕西巡抚的顾其志和御史余懋衡也深知梁永的罪恶，也想为民除去这颗毒瘤。于是，三人联合实施"锄梁行动"。余懋衡将他在陕西巡抚任时发现的梁永借钦差、巡视之名，横行霸道、劫掠财富，中饱私囊的罪行上奏朝廷，要求法办梁永，但神宗皇帝却认为梁永为其进贡金银珠宝有功，对上书置之不理。梁永得知余懋衡上书后，对其怀恨在心，又惧怕其恶行暴露，便想杀人灭口。于是，派人买通余懋衡的司厨在其食物中投毒，幸抢救及时，脱险未死。

梁永派人投毒，被满朝荐侦破缉拿，败露后，梁永急着转移搜刮来的财物，想借向朝廷进贡之名，将财物转移出去。满朝荐知晓后，将生死置之度外，暗中送家室回南方老家并备一副棺材，与顾其志巡抚、余懋衡御史一起，在渭南拦劫贡物，并当场正法了首领石君章。梁永大怒，派人向皇帝诬告这是"杀劫贡物"。神宗皇帝竟听信其诬告，下旨逮捕满朝荐。梁永的罪恶和毒害朝臣的罪行，也引起朝中正直大臣的愤怒，纷纷弹劾他。神宗皇帝最终不得不将梁永罢官，把他贬退御马监养马去了。满朝荐等人终于将恶吏梁永拉下了马，陕西百姓无不拍手称快。

满朝荐心系百姓、为民除害，深受人民爱戴，当百姓得知皇帝下令逮捕满朝荐时，数万百姓不约而同地赶到西安城，将城围了六天六夜，钦差来了，三天都进不了城。满朝荐怕百姓再次遭殃，便化装出城，自上囚车，自入大牢。百姓得知后，拦住囚车，哀号哭诉，哭诉之声传遍城中。满朝荐深为感动，涕泣哀告道："余虽任秦二载，唯两袖清风，囊无寸铁。""吾逮而永罢，三秦之福也。"还说："莫惜我一人性命，祸尔亿万生灵。"此时的满朝荐心中惦记的仍是百姓。满朝荐被押进京时，百官联名为他作保。关中的士民80多人两次上京代诉。回乡后，又集资为其修建生祠。

一位官员能受到广大百姓如此敬仰和爱戴，着实令人感动。这也说明，当官如能清正廉洁、心系百姓，为百姓敢于担当，勇于作为、做好事、做实事，一定会受到百姓的拥护、爱戴，名垂青史、千古流芳。

"不受嘱，不受馈"的"二不尚书"范景文

　　范景文，明朝末期的一位著名清官，进士出身，诗词书画皆精，尤其是绘画，他的《五大夫松图》，一直为后人所推崇。

　　范景文为官廉正，虽历任兵部侍郎、工部尚书、内阁大学士等高官要职，但却能严以律己，不谋私利。当时，有许多人带着礼物登门相求，这其中有许多是他的亲朋好友，但他都拒收礼品，并一一回绝。后来，他专门写了

范景文

"不受嘱，不受馈"六个大字贴在门上，以明心迹。对此，人们交口称赞、深感敬佩，并尊称他为"二不公"。他的同僚有感于老百姓对他的尊敬与爱戴，为他起了"二不尚书"这么一个绰号，特撰联赞叹道："不受嘱，不受馈，心底无私可放手；勤为国，勤为民，衙前有鼓便知情。"

范景文虽文人出身，看着是秀羸文弱，但却文武双全。崇祯二年（1629），皇太极领兵南侵，京城危急，多支部队进京勤王。范景文也率八千兵士进京勤王，在所有进京勤王的队伍中，范景文所率的队伍进京最快，纪律也最好。范景文爱护兵士，他率军进京勤王时，一路供应不足，生活艰难。在进军涿州的途中，有人给他送来了香茶。范景文接过香茶，没有饮用，而是恭恭敬敬地将香茶倒在了地上，说将士们在冰雪风霜之中奔走，来赴国难，冻裂了嘴唇，冻伤了指头，一勺水都喝不到，我怎么能在这里喝香茶呢？感谢您的好意，我把这香茶祭献给大地吧！战士们听了，感动得流泪。范景文关爱士兵，善于用兵。他的好友，著名画家董其昌曾为他画过一幅肖像，并在肖像上题诗道："青鬓朱颜报主身，文人队里画麒麟。指挥能事回天地，训练强兵动鬼神。"赞叹他的带兵能力。

范景文一生忠烈，为国为民。崇祯十七年（1644），李自成的起义军逼近京城，许多大臣劝崇祯皇帝南下避难，但范景文却劝崇祯皇帝"固结人心，坚守待援"。后崇祯皇帝自缢，范景文得知后，也写下遗书，投入双塔寺旁的一口古井自杀了。

范景文刚烈正直、爱国爱民、廉洁自律的精神一直为人民所赞叹，尤其是他那"不受嘱，不受馈"的"二不"精神，更令人敬佩。

"红豆词人"吴绮的"三风"

　　吴绮，江苏都江人，是清朝著名的词人。他的词清丽委婉、情感细腻，很受推崇，尤其是他那首《醉花间·春闺》，更是令人拍手叫绝。词中的"把酒祝东风，种出双红豆"，被人视为赞美亲人之间爱恋、相思之情的最绝妙的名句。有一位叫顾贞立的女词人看到这首词后，惊叹不已、爱不释手、日夕诵咏，并将"把酒祝东风，种下双红豆"的句子写满了自己房间的四壁。人们也因此给吴绮起了一个"红豆词人"的绰号。

　　吴绮不仅有"红豆词人"的绰号，还有一个"三风太守"的绰号。

　　吴绮曾奉诏谱《椒山乐府》。椒山是明朝名臣杨继盛的号。杨曾任兵部武选司员外郎，因上奏弹劾奸相严嵩，遭迫害，被下狱，受尽折磨，不屈而死。《椒山乐府》是他的诗集。当时清朝政府为笼络汉族知识分子，采用了为明朝有影响的大臣歌功颂德、树碑立传的办法以示关怀。为杨继盛的《椒山乐府》作谱就是这个目的。吴绮出色地完成了这个任务，受到朝廷的特殊奖励。朝廷给了他一个与当年杨继盛一样的官位，这是一种罕见的特殊荣誉。

后来，吴绮调任湖州太守，在任期间，他勤政爱民，多惠政，颇受人民爱戴，人称他为"三风太守"。"三风"是谓多风力、尚风节、饶风雅。"风力"是指办事有魄力，不畏艰险、敢说敢干。吴绮在湖州锄强扶弱。当地有一大猾作恶多端，大猾相当于现在的黑社会势力头子，吴绮在探得他的住处后，驾着一条船亲自去将他抓来处死，为民除害，这是他多风力的一个例证。"风节"是指为人有骨气有节操。吴绮为官刚正清廉，不畏强权、不受请托，他也因此得罪了上司，最后，被上司找了个借口罢了官。吴绮为官廉洁，被罢官之后，竟连生活都发生了困难，是他的女婿为他盖了间房子，才有了一个住处，后来又有朋友赠钱为他购买了一个荒废的园子，在这陋室之中，他的心态依然很平静，过着宁静淡泊的生活。他没有钱买花木布置园子，就让向他求诗文的人以花木代润笔，时间长了，他的园子里竟然也花木成林了。为此他为自己的园子起名为"种字林"。这种品格情操，可谓"尚风节"。"风雅"是指其文才，这从他"红豆词人"的绰号便可得知。吴绮还很好客，他在湖州为太守时，四方名流经过湖州，他都要邀之赋诗游宴，一派儒雅学士的风度。所以，称他为"三风太守"还是很贴切的。

清官于成龙的感人绰号

于成龙是我国历史上最著名的清官之一，康熙皇帝曾称他为"清官第一"。

于成龙在 45 岁时，出任广西柳州府罗城知县，当时罗城刚刚被清朝收复两年，城中一片荒芜，居民只剩 6 家，于成龙到任后，立即着手安定社会秩序，恢复生产。他亲自深入到田间、房舍与民交谈，鼓励百姓积极生产、共渡难关，使罗城的状况迅速得到改观。

于成龙刚到罗城时，县衙是三间破败的草房，连大门也没有，更没有办公的桌椅。于成龙便"插棘为门""罗土为几"，他来罗城时，随他而来的仆从，有的饿死了，有的逃跑了，最后只剩他孤独一人。罗城百姓既感激他，又同情他，有时就凑点钱送给他，但于成龙从来不收，总是笑着说："我一人不需要这个，你们可用它买点好吃的东西送给自己的父母，这也等于是我收了。"罗城百姓无不为之感动。于成龙在罗城待了几年后，儿子千里迢迢从山西赶来看望他。儿子离去时，他没有东西给他带，就把自己仅有的一只咸鸭割下一半给儿子，作为他归途的路菜。于是人们便给他起了一个"半鸭知县"的绰号。这个绰号寄托了人们对他的无限崇敬和赞美。后来有人赋诗赞叹道:"半鸭知县古来殊,为政清廉举世无。倘使官员皆若是,黎民安泰乐斯乎。"

七年之后,他因政绩卓越,升任四川合州知府,离任时,罗城的人们"遮道呼号,追送数百里"。送行中,有一盲人不愿离去,愿与他同行,于成龙问他原因,盲人说,我估计你带的路费不够用,我会算命打卦,到时能帮助你渡过难关。于成龙很感动,就留下了他,果然走到中途,路费用完了,多亏盲人沿途为人算命挣钱才使他到达合州。

清官美名千古流传的于成龙

于成龙晋升两江总督赴任时,他和小儿子各带了数十文钱,雇了一辆驴车前行,一路上自投旅舍安息,从不烦扰沿途公馆。到达江宁时,官员出城恭迎,而此时,于成龙早已单车入府了。

在任两江总督时,他曾严令官员不得搜刮民脂民膏馈送上司。为此,他发布了《严禁馈送檄》,他还在大堂之上张贴了一副对联:"累万盈千,尽是朝庭正赋,倘有侵欺,谁替你披枷带锁;一丝半粒,无非百姓脂膏,不加珍惜,怎晓得男盗女猖。"

于成龙虽身为高官,但对自己的要求极为严格,生活极为简朴。当年,他升任福建按察使,赴任时,他派人买了几百斤萝卜,供他沿途食用。他在任两江总督时,仍是每日吃着粗糙的饭食,遇到饥荒之年,便以杂米、糠屑共煮为粥食之,一家人都吃这些,就是来了客人也是这样吃。他说,他这样做,可以将余下来的米赈济饥民。当时流传有"要得清廉分数足,唯学于公食糠粥"的民谣赞扬他的美德。由于他每日只吃青菜，很少吃鱼肉，江南人民便给他起了个"于青菜"的绰号。

　　于成龙病逝时，人们在他的住处看到，除了床头竹箱中有一件绨袍，瓦瓮中有些粗米盐豉之外，别无他物了。

　　江宁的百姓得知他去世的消息后，罢市聚哭，许多人在家中挂上他的画像焚香祭祀。

　　康熙皇帝得知他病逝，十分痛惜，赐祭葬，谥号"清端"，还专门为他的祠堂题写了"高行清粹"的匾额。

　　于成龙为官二十多年，始终廉洁自律、勤政爱民、两袖清风，堪为楷模，深受人民爱戴，从人民给他起的两个绰号"半鸭知县"和"于青菜"，也可感受到人民对他的敬仰之情，也使他清官的美名世代流传。电视剧《一代廉吏于成龙》的播放，更引起人们对这位天下第一清官的怀念，也有着深刻的现实教育意义。

煮不出官味来的"三汤巡抚"汤斌

　　汤斌是我国清代著名的清官，他生活在清朝康熙年间，历任内阁学士、江苏巡抚、礼部尚书等职。汤斌为官清廉、勤政为民、刚正不阿、不畏权贵，且生活极为节俭，深受人民爱戴。

　　关于他的为政廉洁、生活节俭，有许多动人的故事。

汤斌有多个感人的绰号，生活极为简朴，是一个"煮不出官味来"的清官。

　　1656年，朝廷授予汤斌陕西潼关道副使之职。他去赴任时，没有坐车摆威风，而是自己掏钱买了三匹骡子，他和仆从各骑一匹，另一匹驮着两套旧被褥、一个书箱，看上去就像一个赶考的穷书生。来到潼关，汤斌向守关的官员说明自己的身份。这位官员看汤斌主仆两人的寒酸样，摇着头说道，就是把你放到锅里煮，也煮不出个官味来。"煮不出官味来"也便成了汤斌的绰号。而就是这个煮不出官味的道员，仅仅用了三年的时间就将原本田园荒芜、盗贼蜂拥的潼关治理的社会安宁、粮食丰足、百姓安居乐业。所以，当地的百姓送他一个"汤青天"的绰号。

汤斌在任江苏巡抚时，更是勤政为民、政绩卓越，为老百姓办了许多好事，人们把他比作是西周名臣周公、召公再世，主动集资为他在苏州城建了一座生祠，以示永世不忘其恩德。

汤斌心中时刻想着百姓，而对自己却极为严格，生活极为简朴。他身为高官重臣，却每日只吃青菜、豆腐汤，有一次他儿子买了只鸡，煮了孝敬母亲，他得知后，大怒，令儿子跪诵《朱子家训》，他教育儿子说："哪有读书人不能咬得菜根而可以成大事的。"最后，为这事将儿子撵回了老家睢州。人们有感他的这种品德与精神，以他的姓，给他起了一个"三汤巡抚"的绰号。意思是说，他为政像豆腐汤那样清，生活像煮黄连那样苦，于世道人心像人参汤那样补。这是对一个清官最形象生动的比喻。汤斌在京为尚书时，冬天上朝总是外披一件羊皮袄，所以，他还有一个"羊裘尚书"的绰号。

汤斌清正不阿、仗义执言，得罪了一些权臣，遭到了他们的忌恨和诬陷，最后抑郁而死。

汤斌死后，家中只有八两银子，用于殡殓都不够，还是他的朋友送来了二十两银子，才使他入土为安，安葬在宁陵县己吾城。己吾城的汤氏后裔主动轮流为他守墓，几百年来从没间断。

汤斌死后，人们想起他的高风亮节、丰功伟绩，越发敬仰他。许多人家中挂上了他的肖像，到他的祠堂去祭拜的人更是络绎不绝。朝廷对他的赐封也越来越多。雍正皇帝时，让其入祀贤良祠；乾隆皇帝时，追谥他为"文正公"，文正公是封建社会最高的谥号。在清朝268年历史中，得此谥号的总共只有八人。道光皇帝时，令将他的像从祀孔子庙，享此殊荣的，在整个清朝只有三人。

"半饱居士"陈廷敬

王岐山在离任北京市长时，曾向同事推荐《大清相国》一书。书中写的是"半饱居士"陈廷敬清廉自律，勇于反腐的故事。后来，《大清相国》还被编成话剧，在中央党校为参加学习的党政干部们演出。

陈廷敬，清代泽州（今陕西阳城县）人。原名陈敬，后因科举考试有人与他同名，朝廷便给他加了一个"廷"字，成为陈廷敬。

陈廷敬自幼聪慧，9岁时，他的私塾老师就因教不了他而辞职，说他是"大异人，非我能所教也"。14岁时，他和父亲一起参加科举考试，名列第一，比父亲的成绩还好。19岁时，考中举人。

陈廷敬出身于一个有着传统好家风的官宦之家，其好家风从他的三世

陈廷敬

祖陈秀就传承下来了。陈秀只当过代理知县的小官，却为百姓做了许多实事好事，深受百姓爱戴。他辞官回乡后，当地百姓为他立生祠纪念。陈秀教导后人："修职业要如清献，不贪财欲比元之。""清献"是北宋著名清官赵抃的谥号，"元之"是北宋著名散文家王禹偁的字。赵抃以敢于铁面无私而著称，人称"铁面御史"。王禹偁以敢于讽谏，清廉正直而闻名。陈秀教导后人这两句话的意思是：凡是要向赵抃一样忠于职守，不贪财要向王禹偁那样拒受馈赠。

陈氏家族自陈秀之后，始终保持着良好的家风，一代一代的传承了下来。

陈廷敬的父母就很注重用传统家风教诲陈廷敬。陈廷敬进入仕途后，父母经常告诫他要像先辈一样清廉自守，不能有贪心。一次陈廷敬回家探亲，他的父亲在了解了他为官的情况后。高兴地说："你能够保持廉洁正派的品格，对我来讲是最难得的回报。"还有一次，陈廷敬回京赴任，母亲为她整理行装，对他说："你的一切花销，家里都会想办法帮你解决，千万不要贪图国家的便宜。"

陈廷敬始终牢记父母的教导，为官期间，一直保持清廉的本色。他生活简朴，一冬只吃腌菜，还觉得很有味，便在诗中写道："索莫一冬差有味，菜根占得菜花春。"他常常记诵唐代文学家陆龟蒙"忍饥诵书，率常半饱"的话。为此有人给他起了个"半饱居士"的绰号。扬州八怪之一的文学家金农非常敬仰陈廷敬的清德品格，曾写诗赞曰："独持清德道弥尊，半饱遗风在菜根。"

陈廷敬不仅自己洁身自好，还特别注重教育家人，保持清廉之风。他教导儿子陈壮履"更得一言牢记取，养心寡欲是良规"。要求儿子清心寡欲，克己自守。他还教导家人后辈"清贫耐得始求官"，也就是做官不要想发财，要耐得清贫。在这种家训家风的影响之下，陈家后人始终保持清廉之风，无一人在这方面犯过错误。

陈廷敬清廉自律，对自己的要求极为严格。他任吏部侍郎时，曾受命管理铸钱，这期间，有人从废铜堆里发现了一枚秦代铜钱。下属说古钱是吉祥之物，就请陈廷敬系在腰间。后来，有人送来新铸的一批样钱请陈廷敬过目，取回时落下一枚，陈廷敬看到后，想起管理铸钱工作时，曾发誓一文不拿。再想到自己已私留了一枚，甚是惭愧。后来，他将这两枚铜钱都退了回去，真正做到了一文不取。

康熙皇帝 8 岁登基，当时陈廷敬任户部尚书，分管钱物。一天皇帝对陈廷敬说："陈老官，借给我一些钱吧。"陈廷敬问："万岁你要钱干什么？"康熙说："随便玩吧。"陈廷敬说："万岁要花钱，等我发了俸禄借给你。"康熙说："你的俸禄有几个钱，我要国库的。"陈廷敬说："国库的钱朝廷有规定，谁也不能挪用，万岁，为臣不敢借给你啊。"康熙生气了，说："那你走。"陈廷敬说："臣遵旨。"陈廷敬走时，只听康熙愤愤地说："什么不能挪用，明明是觉得我没有亲政，看不起我。等我亲政了砍你的脑袋。"

六年后，康熙亲政，早将此事忘记，可陈廷敬还在担心，多次请辞。后来，康熙得知他请辞的原因，对他说："那时我还小不懂事，你做得对。"

陈廷敬对官场上的腐败之风深恶痛绝，坚决抵制。一次，有人拿着贺礼去为他祝寿，想借机做他的门生，以提高自己的政治地位。陈廷敬得知后，令人将其拒之门外，而此人不死心，守在门外数日，后借机闯入陈府，见到陈廷敬长跪不起。陈廷敬不为所动，将其怒斥出去。

陈廷敬为政清廉，治理有方，他在惩治腐败，倡导清廉方面的许多观点和措施卓有成效，就是在今天也值得点赞和借鉴。

对官员的贪腐，陈廷敬认为，廉是做一个合格官员的关键，而奢和俭是造成贪和廉的根由。要使官员清廉，首先要使他们养成节俭的品质。陈廷敬认为治理腐败的关键是"上司清廉"。上司清廉，则吏员自然不敢贪赃枉法，上司如果贪赃不法，吏员就是想廉洁，也不容易办到。所以像总督、巡抚这样的高官必须严格选用，而且要对他们严格监督和问责，这样才能防止腐败滋生和蔓延。这样，下面的官员也不必整日想着如何巴结上司。各级官员都留心为民办事，百姓就能够休养生息。

为了防止拉关系走后门，改变行贿受贿的腐败之风，陈廷敬在礼部任职时，立下规矩："自廷敬始，在部绝请托，禁馈遗。"他还严令家人，有行为不端者，有送礼贿赂谋私者，不得放入。

陈廷敬一生恪守家训，为官清廉，一尘不染。他为官五十多年，始终忠于职守，关爱百姓，他对腐败现象疾恶如仇，敢于斗争，其品格和精神深受人们敬仰。《清史稿》也给了他"清勤"的评价。其反腐倡廉的观念和措施，至今仍有现实意义，值得借鉴。

"天下清官第一"张伯行

清朝康熙年间，有一位名闻朝野的清官张伯行，深受人们的敬仰和爱戴，康熙皇帝赞誉他是"天下清官第一"。

张伯行被康熙皇帝赞誉为"天下清官第一"，深受人民爱戴。这是他在苏州的刻石像。

张伯行，河南仪封（今河南兰考）人，进士出身，他为官时间很晚，41岁时才正式步入仕途。为官期间，他始终忠于职守、勤政为民、清廉刚直、不畏权贵、爱民如子。

康熙四十二年（1703），张伯行出任山东济宁道，当时正值饥荒，百姓饥寒交迫、流离失所，张伯行到任后，一面让家人将自己家中的粮食分发给百姓，一面开仓赈济，使灾民渡过了难关。为此，竟有人指控他擅动仓谷，险些被问罪。但张伯行认为"仓谷为轻，民命为重"，就是被问罪也值得。

　　三年后，张伯行升任为江苏按察使。按察使是巡抚的属下，按当时官场的风气，新到任的官员必须要给巡抚、总督等上级送礼，而且数目还不能少。张伯行秉性耿直，对此腐败之风深恶痛绝。他说："我为官，誓不取民一钱，安能办此。"为此，受到巡抚和总督的记恨。第二年，康熙南巡到达江苏，要巡抚和总督举荐贤能官员时，巡抚和总督就故意不举荐他。康熙皇帝见举荐名单中没有张伯行，知是巡抚、总督所为，便申斥他们道："朕听说张伯行居官清廉，是个难得的国家栋梁之材，你们却不举荐！"说完，又转向张伯行："朕很了解你，他们不举荐你，我举荐你。将来你要居官面善，做出些政绩来，天下人就会知道朕是明君，善识英才。如果贪赃枉法，天下人便会笑朕不识善恶。"康熙当场破格升张伯行为福建巡抚。

　　张伯行在福建巡抚任上为百姓做了许多好事，解决了长期以来因人多地少而造成的吃粮难问题，使百姓得以安居乐业。在他的治理下，福建的风气大变，官清民乐、社会安定、经济繁荣。张伯行也因此深受百姓爱戴。当人们得知他要调任江苏巡抚时，福建的百姓痛哭相送，如失青天。

　　张伯行到任江苏巡抚后，为了杜绝官场行贿受贿的腐败之风，下了一道《禁止馈送檄》，檄文中写道："一黍一铢，尽民脂膏。宽一分，民即受一分之赐；要一文，身即受一文之污。虽曰交际之常，于礼不废。试思仪文之具，此物何来？"要求属下廉洁自律，做个好官。张伯行的这道檄文在当时影响很大，很受人们推崇，对改变当时官场的腐败之风起了重要作用。有人将他这段名言翻译成"一丝一粒，我之名节；一厘一毫，民之脂膏。宽一分，民受赐不止一分；取一文，我为人不值一文。"其意思更加明确，其精神也更加深入人心。这段名言，说得很精辟，就是在今天，也有深刻的教育意义。

张伯行曾因参与处理江苏乡试作弊案，受到噶礼的诬蔑和陷害。扬州百姓得知后，罢市抗议，哭声震动了扬州城。后来，康熙皇帝纠正了这一错案，江苏的官员争相庆祝，纷纷写红幅贴在门旁："天子圣明，还我天下第一清官。"更有上万人进京，到畅春园跪谢皇恩，上疏表示愿每人都减一岁，以便让圣上活到万万岁。福建的百姓也在家中供奉他的画像焚香祈祷，足见张伯行这位清官深得人心，受人爱戴之深。

　　张伯行奉旨参加康熙皇帝举办的千叟宴时，康熙还夸赞他是"真能以百姓为心者"。张伯行去世后，被赐予"清恪"的谥号，意思是为官清廉，恪尽职守，很准确地概括了他的一生。

"治台第一人"陈瑸

清朝两位著名的清官,一位是有"天下清官第一"美誉的张伯行,一位是被称为"壁立千仞"的陈瑸。人们赞美他俩人为"泰华两峰,同标峻绝"。

陈瑸,广东海康县(今广东雷州市)人,出身海滨农家,青少年时,刻苦求学,康熙三十三年(1694)考取进士。为官后,他勤政爱民,鞠躬尽瘁,造福乡里。他曾管辖台湾政务,政绩卓著,使台湾在经济、海防、吏治,文教各方面都取得极大发展,史称"治台第一人"。

他在治理台湾时,体恤民情,化解民族纷争,与台湾百姓共甘苦,遇上抗洪抢险,他和台湾百姓一起扛沙包,排险情。他初为台湾道台时,曾北巡淡水,往来一千多里,只带几个仆从,不打扰地方官府,自备干粮,夜宿百姓屋檐下,深得台湾民众敬仰,尊其为"万家活佛"和"陈青天"。陈瑸升任湖南巡抚离台时,台湾百姓为其竖起一块"去思碑",并说"此碑可裂,陈公恩德不朽!"陈瑸去世的消息传到台湾时,台湾百姓以每人一把米的捐献方式,集资建庙纪念,并塑造了两尊陈瑸像,一尊供奉于府城文昌阁,一尊送

陈瑸是著名的清官，也是治理台湾的第一人，至今，台湾百姓仍把陈瑸当作神灵供奉。

到陈瑸的家乡雷州。塑像时，百姓环集，按陈瑸生前胡须的黑白长短，拔其胡须，交塑匠使用。台湾人民至今仍把陈瑸当作神灵供奉。

陈瑸为官清廉，严以律己，他认为，为官应做到"知谋国而不知营家，知恤民而不知爱身"。陈瑸勤政，每日黎明就开始办公，直到半夜才停下来。所有的公事都是自己亲自处理，不请师爷，仆人也只有一两个人。陈瑸在外做官二十多年，从不带家眷，孩子想去看他，路费都凑不够。一次，陈瑸觐见康熙皇帝，康熙问他是如何来京的？陈瑸答道："蒙抚臣给臣盘缠赴任，又到衢州见总督……臣得总督给的盘缠，方能来京。"康熙听后，看着这位已是高官的陈瑸，连赴任进京的盘缠都拿不出来，感慨地说："此苦行老僧也。"

陈瑸并非没钱，他的俸禄，养廉银，公费银足以使他过上富足的生活，可他把这些钱都捐了，捐给了国家和需要救助的百姓，自己甘愿过清贫的日子。他在台湾道任内，应得银三万两，他全部捐出，用来修建炮台。病逝前，他上疏，将自己应得银一万三千余两上交朝廷用作兵费。去世后，康熙皇帝根据他的请求，最后决定，将其中的一万两存藩库，以充兵饷，余下的三千两赏给陈瑸之子。

康熙感慨地说："陈瑸居官甚优，操守极清，朕亦见有清官，然如伊者，朕实未见。"称赞他是"诚清廉中之卓绝者"，下诏追授礼部尚书，荫一子入国子监读书，谥号"清端"。

康熙皇帝在评论他时说，他只是一个海滨务农之人，非世家大族，又无门生故旧，但天下人都知道他，如果没有真正的业绩和高尚的品德，是不可能如此的。

关心百姓疾苦的"怪才"郑板桥

郑板桥是我国清代著名的书画家，其字和画颇有个性，很受世人推崇，人称其为"怪才"，是著名的"扬州八怪"中的杰出代表。他一生喜欢画竹、石、兰。其画用笔潇洒、生动挺拔，具有一种坚韧不拔的精神。在书法上，他将真草隶篆融为一体，创造了一种奇特的写法，自称为"六分半书"，世人称"板桥体"。这种字遒劲妩媚、奇秀雅逸，韵味无穷，深受人们喜爱。

郑板桥，本名郑燮，字克柔，这是他父亲为他起的，"燮"是和顺的意思，"柔"是柔顺的意思，父亲为其取此名和字，就是期望儿子能一生和顺，以柔处世。

关于郑板桥名字的来历，郑板桥自己在《板桥自叙》一文中有所说明，他说："兴化有三郑氏，其一为'铁郑'，其一为'糖郑'，其一为'板桥郑'。居士自喜其名，故天下咸称为郑板桥云。"意思是说，在他的家乡兴化有三位姓郑的，前二位都是手艺人，因手艺而有绰号，一个叫"铁郑"，一个叫"糖郑"，而自己的绰号叫"板桥郑"，这是因为自己家乡有一座古板桥。他很喜欢这个绰号，所以，后来人们都叫他郑板桥了。如此说来，郑板桥这个名字也算是一个绰号。

郑板桥天资聪颖，又多才多艺，但在科场和仕途上，并不像他父亲给他起的名字那样顺畅，他在康熙年间就考中了秀才，到了雍正年间才中举人，而进士则是在乾隆年间才考中。那时，他已44岁。从秀才到进士，历经了三朝。为此，郑板桥很是感慨，他专门刻了一枚"康熙秀才雍正举人乾隆进士"的印章。以此作为自己的绰号，聊以自嘲。

郑板桥做官，主要是在山东范县、潍县做知县。知县是个七品官，郑板桥认为，这个七品芝麻官，官职虽轻，却是一方的父母官，父母官就应该关心百姓的疾苦，踏踏实实地为百姓办事。他决心做好这个父母官，为此，他专门为自己刻了一方"七品官"的印，常常加印在自己的书画作品上。

为官后，郑板桥时时不忘百姓的疾苦，他曾在一幅竹子画上题写了这样一首诗。"衙斋卧听萧萧竹，疑是民间疾苦声。些小吾曹州县吏，一枝一叶总关情。"表达了他关心百姓冷暖，誓为百姓办事的决心。

这是郑板桥著有"板桥"之名并加盖"七品官"印的画作。

他任潍县知县时，正赶上山东发生严重灾情，哀鸿遍野。郑板桥见状，心情沉痛，并千方百计地解救饥民，他一面向朝廷禀报，请求赈济，同时责令囤积居奇的商人将粮食按常价卖给饥民，责令邑中大户轮流开厂煮粥，同时组织饥民以工代赈，让饥民赴工就食。他自己则紧衣缩食、将官俸捐出。在灾情最严重的时候，他不顾个人安危，冒着被罢官，甚至被砍头的风险，开仓放粮，救活了上万饥民。

郑板桥为官清廉，心系百姓，为察看民情，常常下乡察访，下乡时，既不坐轿子，也不鸣锣开道，不举"回避""肃静"的牌子，而是身穿便服，脚穿草鞋，随意而去，毫无官场的排场和威风。即使夜间去查巡，也仅差一人提着有"板桥"二字的灯笼引路。

郑板桥对官场行贿受贿的腐败之风深恶痛绝。一次，一位钦差大臣到山东巡查，沿途收受了不少好处，来到潍县时，虽知郑板桥廉洁，但仍不愿放手，便想方设法地暗示郑板桥有所表示。钦差要离开潍县时，郑板桥还真的派人给他送去一个大礼盒。钦差见大礼盒沉甸甸的，料定必是重礼，很是高兴。待他带回去打开时，发现盒内装的不是金银财宝，而是潍县特产大萝卜，里面还附有郑板桥的一首诗："东北人参凤阳梨，难及潍县萝卜皮。今日厚礼送钦差，能驱魔道兼顺气。"钦差又气又恨，却又无法发作，愤愤而去。

郑板桥为官清廉，对自己要求很严格，他在潍县做知县时，家乡的弟弟给他来信说想改建家中的老屋。郑板桥立即回信劝弟弟暂不要改建。他在信中说，有人做了官，就蓄姬妾、置田地、建高堂华厦，人们见了，必定会议论他，如不搞腐败，不搜刮地皮，艳姬华厦从何而来。你此时改建老屋，也会遭人议论，使我蒙受贪腐之名，玷污了我的清名。弟弟接到郑板桥的信后，立即打消了改建的念头。

人说三年清知府，十万雪花银，而郑板桥在山东做知县十二年，辞官时，他的财产却是三头毛驴，一头驮着他，一头驮着书童，一头驮着书。

郑板桥辞官返乡时，无数乡民夹道送行，挥泪挽留。不少人送出百里之远。郑板桥深受感动，特写诗一首赠父老乡亲："乌纱掷去不为官，囊橐萧萧两袖寒。写取一枝清瘦竹，秋风江上作渔竿。"

郑板桥回到家乡时，清贫到爱女出嫁，无钱为其置办嫁妆，只好为女儿画了一幅春兰图作为陪嫁。

为了维持生计，郑板桥贴出了卖画的"润例"。同时还为自己订下了三不卖的原则：达官显贵不卖，生计够了不卖，自己不喜欢的不卖。郑板桥外出卖画时，总是带着一个大口袋，将卖画所得的钱和购买的食物等统统放到里面，回家路上，遇到贫苦的亲友或行乞之人，便慷慨解囊，送与他们，往往人回到家，口袋就空了。

郑板桥一生刚正不阿，一身正气，不向权势低头，不与权贵为伍。他为官清廉，亲政爱民，关心百姓疾苦，为百姓敢于作为，敢于担当，其精神和品格可敬可赞，值得学习。

家有贤内助的"岳青天"岳起

岳起，满洲镶白旗人，清朝乾隆至嘉庆年间的著名清官。

岳起任奉天府府尹时，因他的前任贪赃枉法被革职，他一到府衙，便令人将大堂、居室以及室内陈设器物、用具等，用水全部清洗一遍，并对众衙役说："勿染其污迹也。"表达了他绝不与贪官同流合污的决心。

家有贤内助的清官岳起

他任江苏巡抚时，当时的江苏已是吏治腐败、奢侈之风盛行，岳起到任，极力反腐倡廉，他首先从自己做起，清廉节俭，所用僮仆仅数人，出入从不前呼后拥，只有很少的侍从，没有官轿，驾车是瘦弱的马，穿着很朴素，一派寒素气象。他对属下要求严格，要他们去奢从俭，禁止使用画舫游船和纵情声伎，无事不许饮宴宾客、演剧娱乐。由于岳起的倡导和从严治理，江南一带的奢侈之风大为改善，江南人民感激他，称他为"岳青天"。

岳起对官场的积弊和属下的不法行为也是从严处理。一次，常州知府胡观澜结交盐政的仆役高柏林，向民派捐两万余钱，用来修葺江阴广福寺。岳起认为胡、高两人的做法是奢侈累民，于是，上疏罢免胡观澜、惩治高柏林，并由两人分担偿还所摊派的两万多钱。

岳起能在官场腐败、奢腐之风盛行的环境中，出淤泥而不染，成为政绩卓著的清官，除了自身的努力，还与他有一位贤内助有关。他妻子不但支持他的做法，甘愿与他过清贫的生活，还经常提醒他不要忘记节俭，为属下和百姓做出表率，树立良好的形象。一次，岳起奉命去查抄获罪的毕沅的家产。傍晚回家时，妻子发现他喝了酒，还带有醉意，就正颜厉色地对他说："毕沅尚书就是因为耽于酒色才导致今天的结果，相公你不能只看在眼里，还要警示在心里。当下谨慎从事，以此为戒还怕来不及，难道你还要效仿他不成。"岳起听后，深感惭愧，立即向妻子表示感谢。

岳起身边能有这么一位贤内助时刻提醒他，难能可贵。

"烧车御史"谢振定

和珅是中国历史上非常著名的贪官，得宠于乾隆皇帝，曾把持朝政二十余年，聚敛了巨额财富。电视剧《宰相刘罗锅》《铁齿铜牙纪晓岚》将和珅玩弄权术、施展淫威的嘴脸刻画得淋漓尽致。朝中官吏大都惧怕和珅的权势，或趋炎附之，或惧而避之，而御史谢振定却敢于和他斗争。

谢振定，字一斋，号芗泉，湘乡（今属湖南）人。乾隆四十五年（1780）进士，散馆授编修，升京畿道监察御史。

主子得势，奴才也嚣张。一次，和珅的一个宠奴乘坐一辆豪华马车在街上横冲直撞，路人见是和府的车子，都怒而视之，远远回避。此时，正在巡城的御史谢振定，恰遇这辆车子，便喝令停下。没想到和珅家奴根本不把谢振定放在眼里，全然不理，照样全速前行。谢振定怒不可遏，大喝一声："给我把这奴才抓起来！"随着谢振定一声令下，随从立刻快马追赶，将这个家奴从车子里揪下摔在地上。谢振定令剥去他的衣衫，痛加责打，并当众烧掉了那辆豪华的车子。围观的人们无不拍手称快。

和珅得到这一消息后，暴跳如雷，十分恼怒，认为这是谢振定

湘剧《烧车御史》剧照

眼中无他，第二天就指使心腹罗列罪名弹劾谢振定。后来，谢振定还真为这件事被罢了官。但谢振定不畏和珅权势、火烧和珅华车的事传遍了京城。

四年之后，乾隆皇帝死去，和珅失去靠山，早已怀恨和珅并觊觎其财富的嘉庆皇帝立即下令将其逮捕，半个月后将他赐死狱中。不久，谢振定被重新起用。

谢振定有两个儿子，长子曾考中进士，出任河南裕州知府，道光皇帝曾接见过他。接见时，道光皇帝听了他叙述的家世，曾说："你原来是'烧车御史'的儿子。"

"烧车御史"出于皇帝之口，更使这个绰号增添了无限光彩，从此，谢振定"烧车御史"这个绰号就传开了。谢振定家乡湖南湘乡的人们也以出了一个"烧车御史"而感到自豪。他们看到谢家的子弟个个出色，于是又给谢家起了一个赞美的绰号——"烧车谢家"。

"林青天"反腐拒贿一身正气

林则徐是中国近代史上著名的禁烟英雄，有"禁毒第一人"之称。他的虎门销烟壮举振奋了中国人民的斗志，维护了民族尊严，在世界也产生了深远的影响，其爱国精神深受世人敬佩。

有"禁毒第一人"之称，刚正清廉、勤政爱民的林则徐。

1839年6月3日，虎门海滩，林则徐将收缴来的鸦片烟土在两个专门修造的销烟池中公开销毁。林则徐率广东官员亲往现场监督执行，许多外国商人、传教士等也前往观看，来观看的百姓更是成千上万，销烟现场群情沸腾，一片欢呼之声。销烟持续了23天，于6月25日将收缴来的鸦片19187箱和2119袋共计237万余斤鸦片全部销毁。

虎门销烟在中外历史上都有着重要影响，中华民国政府曾将6月3

日定为"禁烟节"，曾发行过印有林则徐头像的纪念邮票。国际联盟将虎门销烟开始的日子6月3日定为"国际禁烟日"，联合国将虎门销烟胜利结束的第二天6月26日定为"国际禁毒日"，都是为了纪念虎门销烟，肯定虎门销烟在禁毒方面的重大意义。

林则徐的高贵品质，不仅表现在他的禁烟壮举中，也反映在他为官刚正清廉、勤政爱民上。

林则徐在为官的几十年中，领导整顿财政、兴修水利、救灾办赈，不计个人得失，"置祸福荣辱于度外"，做了许多利国利民的好事，誉满天下，被人称为"林青天"。

林则徐能在当时清朝政府腐败横行、贪腐蔓延的环境中，自觉地抵制不正之风、反腐拒贿、洁身自好，其精神着实令人敬佩。

林则徐在任江南监察御史巡视江南各地时，在澎湖群岛寓所遇到一位自称"花农"的人，向他献上一盆盛开的玫瑰花，并提请林大人换个大花盆栽种。林则徐心中有异，一脚踢翻了花盆，结果发现花盆中藏着一只足有半斤重的金老鼠和一纸信笺，笺上写着："林大人亲收，张保敬献。"林则徐当场将此"花农"训斥了一通，并将金鼠没收，上缴国库。

林则徐以钦差大臣的身份去广州查禁鸦片时，英国商人义律认为清朝政府腐败，官员受贿成风，林则徐也不会例外，便想通过贿赂林则徐得以蒙混过关。一次，义律请林则徐到他私邸赴宴，宴席间，他将一个精美的方盒递给林则徐，说是敬献给他的小礼物。林则徐打开方盒一看，盒内大红软缎衬垫上放着的竟是一套豪华的鸦片烟具，白金烟管，秋鱼骨烟嘴，钻石烟斗，旁边一盏小巧雅致的孔明灯和一只光彩夺目的金簪，这些东西价值当在10万英镑。义律用如此昂贵的烟具送林则徐，可谓一箭双雕，既有行贿之意，又有讽刺之目的。林则徐自知义律的恶毒用意，便不动声色地说："义律先生，本部堂奉皇上旨意到广州肃清烟毒，这套烟具属于违禁品，本当没收，但两国交往，友谊为重，请阁下将这珍贵的烟具带回贵国，存入皇家博物馆当展品吧。"义律没想到，林则徐不仅不接受他的贿赂，还借机将他奚落讽刺了一番。

林则徐离京赴广州查禁鸦片时，临行前，他从良乡向广州发了一个"传牌"，"传牌"中说："此行并无随带官员供事书吏"，"并无前站后站之人"，"所有尖宿公馆，只用家常饭菜，不必备办整桌酒席，尤不得用燕窝烧烤，以节糜费。此非客气，切勿故违。至随身丁弁人夫，不许暗受分毫站规、门包等项。需索者即需扭禀，私送者定行特参。言出法随，各宜懔遵毋违"。

这"传牌"的精神要点就是"三不准"：一不准下属远迎；二不准摆办酒席；三不准索贿受贿。这"传牌"突显了林则徐反腐拒贿的高贵品质，对后世影响很大，有"三不准""传牌"之称，林则徐也因此有了一个"三不准钦差大臣"的美名。

堪称反腐英雄的"雪帅"彭玉麟

彭玉麟，字雪琴，清朝著名政治家、军事家、书画家，与曾国藩、左宗棠并称"大清三杰"。彭玉麟是湘军水师创建者，中国近代海军奠基人。

彭玉麟一生不慕名利、不避权贵、不置私产、不御姬妾，是历史上清廉、刚正、淡泊、重情重义的名臣。人称其为"雪帅"，一是因其字为"雪琴"，二是因其品德情操如雪一样冰清玉洁。

彭玉麟本是一名书生，直到 37 岁时，仍无建树，但对军事很有研究。后被曾国藩发现，进入湘军，在湘军里，他的军事天赋得到充分发挥，屡立战功，很快成为湘军的重要将领，后成为湘军水师的统帅。

彭玉麟淡泊名利、品格高尚，他功勋卓著、才华出众，却从不逐官求利。他曾六次辞官，在历史上被传为佳话。朝廷授予他的六次官职依次是：安徽巡抚、漕运总督、兵部侍郎、兵部侍郎兼光绪皇帝大婚庆典宫门弹压大臣、两江总督兼南洋通商大臣、兵部尚书。这六个官职，个个都是权高位重的肥缺，是官员垂涎欲滴、梦寐以求的，可彭玉麟却坚决请辞。第六次授予他兵部尚书时，彭玉麟也是当即请辞，但不久，中法战争爆发，朝中已无大将，面对国难，他临危受命接受了这一任命，率旧部，指挥老部下冯子材等将领先后取得了镇南关大捷和谅山大捷，赢得了中法战争的胜利。战争结束后，彭玉麟又辞去了这一官职。

彭玉麟多次请辞，拒绝高官厚禄，朝廷让他每年巡阅长江一次，封他为"长江巡阅使"。

彭玉麟赤胆忠心，一身正气，对官场上的腐败之风深恶痛绝，他无私无畏，充分利用朝廷授予他"长江巡阅使"的权力和机会，以铁的手腕，严惩贪官污吏、土豪劣绅，并将碌碌无为的庸官开缺回籍。仅同治八年（1869），彭玉麟就会同当地督抚将长江水师中的 116 名庸劣总兵副长参劾掉，令官场为之震动。光绪三年（1877），彭玉麟巡阅长江时，将诱劫友妻、谋杀其友的湖北忠义副营营官副将谭祖纶就地正法，并上奏朝廷将失察的提督刘维桢"交部严议"。光绪四年（1878），奏请朝廷将老而不为、不能胜任的岳州镇总兵彭昌禧开缺回籍。光绪十年（1884）又奏请将江南水师统领万重暄、江南赣镇总兵王永胜等人革职，永不叙用，同时建议将江苏候补道朱麟成等七人一并革职，后来，还参劾了一些高官。《清史稿》上说彭玉麟："每出巡，侦官吏不法辄劾惩，甚者以军法斩之然后

一身正气、铁腕反腐的彭玉麟

闻，故所至官吏皆危悚，民有枉，往往盼彭公来。"这足见彭玉麟出巡惩腐的威慑力，也表达了人民对他的拥戴。人民称赞道："彭公一出，江湖肃然。"

彭玉麟惩腐，不避权贵，不徇私情。有一年，彭玉麟路过安庆，有百姓挡道拦马鸣冤，状告当地恶霸李秋升，李秋升是权倾朝野的李鸿章的侄儿。李秋升依仗李鸿章的权势横行乡里，夺人妻女，无恶不作。彭玉麟经过调查，掌握了其罪证，将其抓来审讯，李秋升竟盛气凌人，不把法律放在眼里。彭玉麟大怒，断然下令："此人不除，安庆难安宁。"当即下令将其斩首示众。随后，给李鸿章写了一封信："令侄坏公家声，想公亦所憾也，吾已为公处置讫矣。"

彭玉麟的外甥曾任知府，因贻误军机也被他下令杀了。

曾国藩的弟弟曾国荃是湘军的高级将领，彭玉麟巡阅时，发现他所带的部队，纲纪废弛，还有将领吸食鸦片，便三次弹劾他，要求进行革职查办，以肃军纪。曾国藩为此大怒，责问他："我的弟弟到底怎么得罪了你。"当彭玉麟将其弟弟的失察和劣迹说给他听后，曾国藩无话可说了，其实曾国藩是很赏识彭玉麟的。后来，虽然他弟弟被查办了，但他没有记恨，还专门写信给彭玉麟表示感谢。

彭玉麟所处的时代，正是清朝政府腐败最为严重的时候，在这种环境下，彭玉麟敢于挺身而出、不惧生死、不畏权贵、不徇私情，以铁的手腕将一大批贪官、庸官拉下马，使贪官污吏为之胆寒。

彭玉麟一生清廉自律，他常说："臣以寒士始，愿以寒士归。"一次，朝廷因战功赏给他四千两白银，他一文不留，全部用于救济家乡父老，他委托自己的叔叔用好这笔钱，救济穷苦的乡亲，为家乡办了一所学堂。当得知自己的儿子用了其中两千串铜钱维修家中破屋时，他大怒，专门去信指责儿子。

按照清朝规定，官员离职时，可以得到一份养廉银，彭玉麟这份养廉银是二万一千五百两白银，这足够他安度晚年，过上富足的日子，可他一文不取，全部上交国库充当军费。自己回到家乡真正成了一位"寒士"。

　　彭玉麟一生"不要官、不要钱、不要命"，这"三不要"是他光辉一生的写照。

"救时宰相"阎敬铭的才干和清廉

阎敬铭，字丹初，清末朝邑县（今大荔县）人。他气貌不扬，脸像枣核，眼一大一小，身高不满5尺。考中举人后，去参加知县选拔，主选官见他这副长相，竟呵斥他出去。这位主选官万万没有想到，就是这位其貌不扬的举人，后来竟成了一位理财专家，做了户部尚书，将清朝政府混乱不堪的财政整理得井井有条，使处于外敌入侵、内乱不止、走向没落的清朝政府财政暂时得以稳定，渡过了难关，被人称作"救时宰相"。

阎敬铭的理财才能，是从他考中进士，担任户部主事一职开始展现出来的，其才能受到湖北巡抚胡林翼的赏识，胡林翼称他"气貌不扬而心雄万夫"。当时胡林翼正在湖北与太平军激烈交战，军需供应十分紧张，原来掌管湖北钱粮的官员穷于应付。于是，胡林翼便和湖北按察使严树森一起向朝廷推荐阎敬铭来湖北担任粮台一职。阎敬铭到任之后，果然将军需管理得井井有条。胡林翼非常高兴，赞赏他是"古今天下第一粮台"。

阎敬铭担任户部尚书后，着手全面整顿极为混乱的财政。上任的第一天，他就亲自查账，查过账后，他又去清查三库。三库是指

户部管理的银库、绸缎库和颜料库。这三库混乱的情况令阎敬铭吃惊，绸缎库和颜料库是天下贡物的收藏处。库中的绸缎、颜料、纸张等堆积如山，许多东西已经霉烂或被鼠咬虫蛀。银库问题更是严重，从官员到差役没有不贪污的，连做苦力的库兵也利用搬银子的机会将银子偷出来。阎敬铭花了很大的力气，亲自入库检查，查对出纳档案，清查了二百余年的库藏和账目，使清政府真正知道了国库的财产数目，对自己的财政家底有了一个详细彻底的了解，并惩处了一批贪官污吏，使朝野为之震动。

阎敬铭在清查账目和库存的基础上，锐意改革，制定了一系列规章制度，千方百计地开源节流，经他整顿仅山东省的银库存银就由原来的数千两，增加到五百万两，使清朝政府的财政收入有了明显增加。阎敬铭也因此受到朝野的一致赞誉，其"救时宰相"的名气也越来越大，连慈禧太后也对他另眼相看。阎敬铭，字丹初，因受人尊重，被尊称为"丹翁"。有一次朝廷议事，慈禧也以"丹翁"称呼他，这对慈禧来说是从没有过的事情，足见"老佛爷"对这位"救时宰相"的重视程度。但有时慈禧又对这位"救时宰相"很恼恨，这是因为阎敬铭对她的开支也是严加控制。

有一次，慈禧嫁内侄女，想摆阔气、讲排场，又不想自己花钱，便让太监李莲英找阎敬铭办理，被阎敬铭当场拒绝。慈禧得知后，大为恼火。第二天李莲英威逼阎敬铭拨款，阎敬铭又给顶了回去。后来李莲英只好领着一帮太监将阎敬铭臭骂了一通，还砸了户部衙门，将阎敬铭气得发抖。事后，阎敬铭积愤成疾，大病了一场。病好后，阎敬铭思绪万千，便写了一首《不气歌》告诫自己今后遇到这类事情不能再生气。歌中写道："他人气我我不气，我本无心他来气。倘若生病中他计，气下病来无人替。请来医生把病治，反说气病治非易。气之为害大可惧，诚恐因病将命废。我今尝过气中味，不气不气真不气。"一代清官竟无奈地写《不气歌》来排遣心中的郁愤，足见当时政权的腐败程度。这首《不气歌》广为流传，至今还有人将其抄录并挂在家中。

阎敬铭为官刚正，不畏权贵。他在任湖北布政使期间，湖北武昌发生了一起强奸杀害民女的案件，作案的是湖广总督官文的卫队长。这位卫队长和官文的关系非同一般，府、县两级地方官都知道这种关系，没人敢问这个案子。阎敬铭得知后，勃然大怒，亲自带队去抓人。而此时，

阎敬铭是清朝末年一位颇有作为的理财专家，人称"救时宰相"。

这名卫队长被官文藏在了自己的家中。阎敬铭没抓到人，便来官文的总督署禀及此事。官文谎称自己生病，不便接见。阎敬铭对侍卫说："若总督老爷病了怕风，我进他的卧室去汇报。"侍卫知官文不愿见，便劝阎敬铭回府，阎敬铭见状，便让自己的随从将他的被子拿来，在总督府的门房过道里住了下来，表示将一直住到官文出来为止。官文无奈，只得将阎敬铭的同乡好友湖北巡抚严树森和武昌知府李宗寿请来说情，可阎敬铭不为所动，坚持要杀掉这个卫队长。后来，官文竟给阎敬铭跪了下来，求他放过他的卫队长。严树森和李宗寿有些看不过去，指责阎敬铭太过分。最后，阎敬铭不得已答应不杀这个卫队长，但还是将他打了四十大板，削职后遣送回了老家。此事在当时影响很大，广受赞誉，就是官文也深感敬佩。

阎敬铭为官清廉，是清朝末期著名的清官。他为官多年，一直

穿一件褡裢布做成的袍子，以致出门在外，人们竟不知他是朝廷大员。而且，不论在哪里任职，他都要把自家的纺织机安放在衙署大堂后面，让夫人亲自在大堂后纺织，他常常指着自己身上的棉袍向僚属炫耀，说这棉袍中的棉絮，是夫人亲自弹出来的。

阎敬铭不仅穿着简朴，吃得也极简单，就是请客也不铺张。有一次，在家宴请新上任的山东学政，"所设皆草具，中一碟为干烧饼也"。这位新学政根本咽不下去，勉强只吃了半碗白饭。事后，这位新学政对外人说："这哪里是请客，简直是祭鬼！"

在阎敬铭的影响下，他的属下也多注意节俭。他任户部尚书时，就有两名特别节俭的清官，一名叫李用清，人送绰号"天下俭"，一名叫李嘉乐，人送绰号"一国俭"。

李用清在服完丧事，从老家山西去京城时，只背了一个小铺盖卷，不雇一车一骑，硬是步行三千多里来到京城，当时被人传为奇事，于是送了他一个"天下俭"的绰号。

李嘉乐为官时，仍是从街上随便叫一个剃头匠来为他剃头，剃完之后，只付给剃头匠20个小钱。剃头匠嫌少，他很生气，说我在家乡找人剃头，只要几个钱，现在给你20个钱还嫌少，真是不知足，其实他不知道时下剃头价格已是40个钱了。后来，他干脆不找剃头匠了，而让自己的夫人替他剪，剪得参差不齐，别人背后笑话他，他也不当回事。人们为此送他一个绰号叫"一国俭"。

别人把这两个人的做法当笑话说，而阎敬铭却很欣赏，他认为做官必须从一个"俭"字入手，这样才能无欲而刚，做一个始终如一的清官。所以，他特别重用这两个人。

阎敬铭晚年辞官回到家乡。在家乡他积极从事公益活动，不仅捐款修建义学，还倡议在县城西边建了一座丰图义仓，慈禧曾为此仓题名为"天下第一仓"。清朝灭亡以后，这座粮仓被保护了下来，继续作为粮站使用，现在已成为陕西省的重点保护单位。

"五不居士"翁同龢

翁同龢是清朝末年颇有影响的高官。1830 年，翁同龢出生于常熟一个官宦家庭，自幼聪慧，22 岁中举，26 岁中状元。他曾担任过同治、光绪两个皇帝的老师。翁同龢政治思想比较进步，1885 年中法战争中，力主抵抗；1894 年中日甲午战争时，反对李鸿章求和；康有为、梁启超进行维新变法时，他也积极支持。

翁同龢支持变法，企图让光绪皇帝亲政的态度遭到慈禧太后的仇恨。为了打击维新运动，削弱帝党势力，在"百日维新"开始不久，慈禧便强迫光绪皇帝下诏，以翁同龢"渐露揽权狂悖情状，断难胜枢机之任"为由，将其开缺回籍。戊戌变法失败后，翁同龢又因保荐过康有为等人，遭到弹劾，加重处

曾为同治、光绪两位皇帝老师的翁同龢，变法失败后避居故里，号"瓶庐居士""五不居士"。

分，"革职永不叙用，交地方官严加管束"。

回到故里常熟的翁同龢，深知慈禧居心险恶，为避杀身之祸，他写了"瓶庵"两个大字挂在墙上，并为自己取名"瓶庐居士"，寓意守口如瓶。

按"交地方官严加管束"的要求，翁同龢须于每月的初一、十五向地方官汇报思想，为了避免这一难堪的局面，每逢这两天，翁同龢便早早离开家到虞山墓地，地方官也不愿为难这位前高官，因为担心有一天他会官复原职，于是，这两天也只是到翁府走走过场。

翁同龢虽是地位显赫的高官，但却能严格要求自己、廉洁自律。他被罢官回到居住地，曾在门上贴了一项规约，上写五条"不"："一不写荐信，二不受请托，三不赴宴会，四不见生客，五不纳僧道。"人们因此称他为"五不居士"。

1904年，翁同龢在常熟病逝，享年74岁。他去世后被安葬在虞山鹈鸪峰下的家族墓地，墓前立着他生前手书的"清故削籍大臣之墓"的墓碑。1985年，此墓被江苏省人民政府列为江苏省文物保护单位。

"财屠"张之洞不贪财

张之洞是晚清著名的四大名臣之一（与曾国藩、李鸿章、左宗棠并称），也是清朝洋务派代表人物之一。

张之洞出生于贵州省贵筑县（今贵阳市），祖籍直隶南皮，故又称张南皮。

张之洞自幼聪慧、博闻强识、文采出众。11岁时，就成了贵州全省的学童之冠，他所写的《半山亭记》，名噪一时，其全文刻于安龙招堤畔的半山亭，12岁时出了第一本诗文集，有"神童"之称。

踏入仕途后，先后担任浙江、湖北、四川等省学官，后又历任山西巡抚、两广总督、湖广总督、军机大臣等职。

张之洞一生致力于办教育，做实业，对中国近代教育和近代工业的发展做出了重要贡献。毛泽东对他在推动中国民族工业发展方面给予了很高的评价，曾说过："提起中国民族工业、重工业不能忘记张之洞。"他创办了大冶铁矿、汉阳铁厂、湖北纺织局、还创办了汉阳兵工厂，发展军事工业，其"汉阳造"步枪，在中国长达半个世纪里，一直是军队的重要装备。

在教育方面，他提出废除科举，兴办新式教育。为此，他创办

清廉自律、洁身自好，为国家重工业和教育事业发展做出贡献的张之洞。

了自强学堂（武汉大学前身）、三江师范学堂（南京大学前身）、湖北工艺学堂（武汉科技大学前身）、湖北农务学堂（华中农业大学前身）、四川尊经书院（四川大学前身）、两湖书院等，此外，还兴建了湖北省图书馆、湖南省图书馆、京师图书馆。张之洞为中国近代教育的进步和发展做出了重要贡献。

张之洞搞教育和工业的经费，主要来自朝廷拨款，不足之数，张之洞便采用"中饱""私规"等方法进行募集，这无疑损害了富商大户们的利益，于是，这些人便给他起了一个"财屠"的绰号，当时袁世凯的绰号是"人屠"，因为他喜欢打仗，岑春煊的绰号是"官屠"，因为他喜欢弹劾官吏。这三人并称"清末三屠"。

张之洞办工业，搞教育，经手的钱物数额巨大，他又身居高官要职，想贪腐很容易。可他为官清廉，从不假公济私，中饱私囊，更不索贿受贿。全靠俸禄生活，又因家庭人口多，生活并不富裕，常常出现无钱支出的现象，这时，张之洞便派人去当铺典当一些衣物等，借以渡过难关，待他手头宽裕一点时，再派人去当铺赎回当物，这种情况经常出现。当时，武昌的一家大当铺，知道张之洞讲信誉，便定了一条规矩：只要张之洞府上的人拿皮箱来当，不问箱子里有什么东西，也不问箱子有没有东西，每只箱子都付二百两银子。

张之洞为官几十年，又都是高官要职，手握实权，却生活艰苦，死后连丧葬费都不够，还是靠亲朋门生筹集才得以安葬。这在腐败盛行的晚清官场实属罕见。

张之洞的清廉，连外国人也为之感动。在汉口的英国传教士杨格非曾说："张之洞在中国官吏中是一个少有的人才。他不爱财，在这个帝国中他本可以是个大富翁，但事实上他却是个穷人。财富进了他的衙门，都用在公共事业和公共福利上。像张之洞这样的人，离开他实在是憾事，我将最诚挚地祝福他。"

张之洞的清正廉洁，源于他良好家风的传承。中纪委网站推出的"中国传统中的家规"就曾发文介绍张之洞的良好家风。张之洞以上四代为官，都以清廉闻名。张之洞继承了清廉家风，严以律己，同时重视对后代的教育，他在临终前，还留下遗嘱，教育子孙，说他为官40多年，勤奋做事，不谋私利，到死房不增一间，地不加一亩，可以无愧祖宗。望你们勿忘国恩，勿坠家风，必明君子小人之辨，勿争财产，勿入下流。

张之洞身处晚清腐败之风盛行的环境，能秉承良好家风、严以律己、洁身自好、不贪不沾、不计个人得失、勤奋努力、勇于开拓和担当，为国家重工业和教育事业的发展做出了重要贡献。其精神和品格，值得赞扬和学习。

"挑粪校长"陶行知

陶行知是一位伟大的人民教育家、社会活动家，著名的爱国民主人士。

陶行知原名陶文濬，后受明代王阳明"知行合一"学说影响，改名陶知行。后在教学实践中，认识到知和行的关系不是"知是行之始"而是"行是知之始"于是又将名字陶知行改为陶行知。

1927年春，陶行知在南京郊外的劳山创办了著名的晓庄师范，晓庄师范实行教育与生产劳动相结合，学生一边劳动，一边学习。作为校长的陶行知也脱下了长衫，穿上了蓝布学生服和学生一起劳动，一起挑粪种地。当时有人叫他"挑粪校长"，他听了，很高兴，并说"一闻牛粪计百篇"，陶行知还为晓庄师范礼堂拟了一副对联"和马牛羊鸡犬豕做朋友，对稻粱菽麦黍稷下功夫"。

陶行知这位"挑粪校长"把自己的毕生精力献给了教育事业，而且将自己几乎所有的收入都花在了教育事业上。他曾说："为老百姓服务，我们吃草也干"，"为了苦孩，甘为骆驼；于人有益，牛马也做"。

陶行知生活简朴，不吸烟，不喝酒，穿着简单，夏天白布衬衣配一条青卡其裤，冬天一套青布棉衣外罩一件旧大衣。平时最喜欢吃白菜，有时在外面工作，饿了就吃两个烧饼或喝一碗面条，他从不乱花一分钱，节省下来的钱都用来办教育。

有一次，他得到1万元的稿酬，他的妹妹因家庭急事想和陶行知商量留下四分之一贴补家用。陶行知没同意，还写了一首打油诗劝她："妹妹，妹妹，你脑筋就缺少这四分之一啊！如果

伟大的人民教育家陶行知

加上这四分之一不是更加美好吗？"说得妹妹也笑了。最后，他把这笔稿费全部用来办了教育。

他母亲在世时，曾保了20年寿险，母亲去世时，陶行知将这笔保险费取出来，除了用于母亲一切从简的丧事支出外，节余下来的钱，按照母亲的遗愿，替晓庄师范学校建立了千亩苗圃。

陶行知对公款的使用十分严格，认为一分钱都不能乱花。有一次，他有事要去重庆，在这之前有流氓扬言到学校闹事。陶行知临行前对副校长说："万一发生不测，你马上发个电报给我，为了保密和节约起见，你只需发一个'强'字，我就明白了。"

陶行知不仅是一位勇于探索，勇于实践，甘于奉献的伟大的人民教育家，同时也是一位坚持真理，勇于献身的爱国者。

抗战胜利后，陶行知勇敢地参加了反独裁、争民主、反内战、争和平的革命斗争。1946年，他在上海不到3个月时间里，不顾国民党特务的捣乱、恐吓，发表演讲100多次，国民党特务在昆明暗杀了李公朴、闻一多之后，陶行知也成了他们暗杀的目标。当有朋

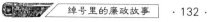

友提醒他要提防无声手枪时，他坚定地说："我等着第三枪。"为了真理，陶行知临危不惧，视死如归。

1946 年 7 月 23 日，陶行知因劳累过度，突发脑溢血逝世，终年 55 岁。

"吉大胆"的碗上座右铭

吉鸿昌，河南扶沟人，著名抗日将领。因积极主张抗日，反对蒋介石进攻红军，遭到逮捕和杀害。枪杀时，他不让敌人在背后开枪，而让敌人搬来一把椅子，坐在椅子上，让敌人面对着他开枪，他要看着敌人是怎样杀害一个抗日将领的。

吉鸿昌英勇果敢、做事大胆、敢说敢为。早年他在冯玉祥部当兵，有一次出操，冯玉祥坐在台上，照例发问："弟兄们，我们是谁的队伍？"官兵们照例应回答："我们是老百姓的军队。"但这次，还没等官兵回答，吉鸿昌抢先冒出一句："我们是洋人的队伍。"冯玉祥听了不禁一惊，立即下令把他抓到主席台。台下的官兵都为他捏了一把汗，冯玉祥当众问他："你为什么说我们是洋人的部队？"吉鸿昌毫不畏惧，从容地回答："听洋人的话，信洋人的教，替洋人打仗受洋人的气，为什么不能说是洋人的军队？"原来，冯玉祥皈依了基督教，也让官兵入教，还请了洋牧师来传教。冯玉祥很赏识吉鸿昌的胆识，没有为难他，又让他归队了，并从此重视起他来。还有一次，冯玉祥集合部队讲话，当他说到日本"二十一条"是灭亡中国的条款，如果实行了，你们在街上碰见日本人，日本人让你

吉鸿昌将"作官即不许发财"作为座右铭烧制在瓷碗上。

趴在地上，骑在你身上把你当板凳你怎么办时，吉鸿昌立即举手高喊："我有办法，日本人要骑在我身上，我就回过头来咬死他！"表现了他疾恶如仇、勇于反抗的精神。又有一次，冯玉祥和几个贴身官兵下嘉陵江洗澡，一不留神，湍急的江水卷走了几个士兵，冯玉祥大叫："快救人。"只见吉鸿昌纵身跳进水中，谁知他根本不会水，被淹得够呛，反被别人救上岸来。冯玉祥见后，连连夸奖："你真是个吉大胆！"从此，"吉大胆"这个绰号在部队中传开了。吉鸿昌在战场上作战，更是英勇无比、有勇有谋、屡立战功。冯玉祥非常赏识他，他也在战斗中成长起来，26岁提为营长，32岁成为师长，34岁被任命为军长，最终成为著名的抗日将领。

　　吉鸿昌的父亲吉筠亭是位刚正不阿的老人，对儿子要求很严格，病逝前叮嘱儿子：当官要清白廉正，多为穷人着想，做官即不许发财。吉鸿昌牢记父亲的遗训，为了时刻提醒自己，也为了教育部下和战士，他将"作官即不许发财"作为座右铭写在了瓷碗上，并让瓷窑照样烧制了一批，运到兵营，发给部下和战士。他对部下和战士说，弟兄们，我虽然是你们的长官，但我也是穷人出身，知道穷人的疾苦，这碗上的字，是我老子临终时留下的遗训。我今天把碗发给大家，就是要大家都不要做对不起穷人的事。诸兄弟监督我，我若干了坑害百姓的事情，你们就用枪子把我崩了。

吉鸿昌就是在这一座右铭的指引下走向革命的道路，为国家和百姓做了大量的好事，直到英勇牺牲。

第二部分　绰号里的贪官故事

"跋扈将军"梁冀的可悲下场

　　梁冀是我国历史上著名的靠密切的裙带关系爬上高官位置的贪官。他结党营私、培植个人势力、专横跋扈、为所欲为、作恶多端。

　　梁冀相貌丑陋，两肩耸起来像鹰的翅膀，眼睛跟豺狼一样倒竖着，一副凶相。梁冀自幼游手好闲，蛮横放肆。其妹是汉顺帝的皇后，他借着裙带关系，飞黄腾达起来，官越做越高、权势越来越大。梁冀采取各种手段，不断扩大其家族里皇亲国戚的范围，先后有三人做了皇后，六人做了贵人，三人娶了公主，至于在朝中做高官者竟有五十七人，还有二人做了大将军。

　　梁冀为了巩固自己的权势，一方面结党营私，培植个人势力；一方面残酷地打击和迫害异己。辽东太守侯猛初任职时，没有向梁冀晋见谢恩，就被安了罪名腰斩了。下邳人吴树出任宛县县令，上任前向梁冀辞行，梁冀要他关照他在宛县境内的亲戚朋友。正直的吴树没有听命，到任后，杀掉了一些作恶多端、民愤极大的梁冀的门客。梁冀从此深恨吴树，后来，吴树调任荆州刺史，行前向梁冀辞行。梁冀设宴为他饯行，暗中在酒里下毒，吴树一出门便死在车上。郎中袁著，年仅 19 岁，看到梁冀凶残放纵，压制不住心中的怒火，向皇帝上书，弹劾梁冀。梁冀得知后便秘密派人捉拿袁著。袁著为逃避他的追杀，更名换姓，躲藏起来，梁冀死追不放，袁著后来假托病死，用蒲草编了个假人，买了棺材殡葬了，就这样，仍没逃过梁冀的追杀。最后，还是被他抓来，用竹板活活打死了。

李固是朝中很有影响的老臣。对梁冀专权多有不满，梁冀竟然也将他抓了起来。不想这引起极大的震动，数十位大臣戴着铁铐木枷在朝廷上为李固辩护。准备与李固一起坐牢。于是，李固被放了出来。梁冀看李固声誉如此之高，更是恼怒，不久，又将李固抓捕入狱，将其杀害。

梁冀专权到了极点，不仅敢随心所欲地杀害朝中大臣，连皇帝他也敢杀。皇帝的废立之权完全掌握在他手中。汉顺帝死后，他为了独掌朝权，立了一个2岁的娃娃做皇帝，这就是汉冲帝，过了半年，娃娃皇帝死了，他又立了一个小皇帝，年仅8岁，是汉质帝。没想到这位小皇帝还很聪明，对梁冀的专断蛮横看不惯。有一次，

幼小的汉质帝看不惯梁冀的专横，称他为"跋扈将军"。

他在朝廷上，当着文武百官的面说梁冀是一个跋扈将军。梁冀非常恼恨，没有多久，他就命人将毒药放在饼中，将这个小皇帝毒死了。毒死了汉质帝，他又根据自己的需要，选了15岁的刘志做皇帝，即汉桓帝。

梁冀不仅专权，而且极贪婪，他常常将富人抓起来，随便安个罪名，让其拿钱来赎罪，出钱少的就办死罪。有个叫孙奋的人很

有钱，梁冀送给他一匹马，向他借五千万，孙奋只借给了他三千万，梁冀就派人将他抓来，诬说他的母亲是从他们家逃出来的奴婢，偷走了大量的珠宝，都要追还，孙奋不肯承认，就被活活打死了，财产全给没收了。他还将众多良家女子抓来做奴婢，并说她们是自愿卖给梁家的，称她们是"自卖人"。

梁冀还大兴土木，兴建豪宅，搜掠金银珠宝、珍奇异物。他还广开园林、挖土筑山，在十里之内筑起九个山坡，模仿东西崤山的走势，有如天然而成，园内设置如皇家园林一样。他还建了一个兔苑，命令各地向他进献兔子，兔子身上烙有印记，谁要伤害了兔子，就犯死罪。有个西域到洛阳的商人不知这禁令，打死了一只兔子，为这个案子竟株连了十多个人。

梁冀就这样无法无天地专权了近二十年，最后跟汉桓帝闹起了矛盾，梁冀派人暗杀了桓帝宠爱的梁贵人的母亲，汉桓帝再也忍受不下去了，于是联络了五个跟梁冀有怨仇的宦官，趁梁冀不防备，突然包围了梁冀住宅，梁冀感到大势已去，便与妻子一起服毒自杀了。梁冀的儿子、梁家和他妻子孙家的所有宗亲，不论老少皆处以死刑，暴尸街头。

梁冀这个跋扈将军，不可一世，专横跋扈了一生，没想到最后落了一个夫妇被迫自杀，家族全被杀光，家产被抄没的可悲下场。这正应了中国一句古话：善有善报，恶有恶报，不是不报，时候不到，时候一到，必定要报。

"笑里藏刀"的"人猫"李义府

"笑里藏刀"这个成语源于唐高宗时的奸相李义府的绰号"笑中刀"。

李义府自小乖巧伶俐，颇有文采，二十多岁时经人推荐，得到唐太宗的召见。太宗为考察他的文采，令他当场以皇家园林中的鸟为题作一首诗。李义府不加思索，当即吟道："日里飏朝彩，琴中伴夜啼。上林如许树，不借一枝栖。"此诗不仅诗句优美，而且寓意巧妙，既颂扬了皇恩浩荡，又表露了自己希望得到皇帝恩赐的愿望。

"笑里藏刀"的唐朝奸相李义府

唐太宗一听，感到他确实才思敏捷、聪明机灵，便高兴地说："我当全林借汝，岂借一枝耶！"不久，李义府便被提拔为监察御史，后又提为太子舍人。

李义府做了太子舍人后，为取得太宗的欢心，极力表现其对太子辅导有方，他曾为太子写了一篇《承华箴》，箴是一种文体，有警示、劝诫、勉励等意义。其中有这样几句："勿轻小善，积小而名自闻；勿轻微行，累微而身自正。佞谀有类，邪巧多方。其萌不绝，其害必彰。"这确实是一篇教人树立崇高品质的好文章。唐太宗看到这篇文章后，大加赞赏，不仅夸奖他扶掖、训导太子有方，还给了他很多赏赐。而实际上，李义府正是他文中所写的那种佞谀之徒，而且其"邪巧多方"到了"出类拔萃"的地步。李义府表面上很温恭，与人说话时总是和颜悦色。但心中却怀着鬼胎、心狠手辣，有人只要和他稍有不和，他就马上设法陷害，人说他笑中有刀，为他起绰号为"笑中刀"，说他是用软刀子杀人，"柔而害物"称他为"人猫""李猫"。成语"笑里藏刀"就是由此而来的。

高宗继位之后，爱上了武则天。武则天在太宗死后，去感业寺做了尼姑，高宗把她召入宫中，立为昭仪。后为其所迷、欲废王皇后立她为皇后。高宗的这一想法遭到了元老重臣的极力反对。而狡诈的李义府却感到有机可乘。于是，他和另一个奸人共谋，叩头上表"请废后立昭仪"，这正中高宗下怀。高宗非常高兴，急忙召见他，并赐宝珠一斗。从此，高宗越发信任他。

武则天被立为皇后之后，李义府更受宠信，加官进爵，直至宰相。李义府有了武则天这个靠山后，更加肆无忌惮、为所欲为。李义府好色，有一女子淳于氏，犯罪下狱，李义府得知此女子姿色出众，竟通过大理寺丞毕正义将其弄出来纳为小妾。后怕事情暴露，又通过手段逼毕正义自杀，杀人灭口，足见其狡诈和凶残。

李义府为了显摆自己的权势和财富，大张声势地为祖坟改葬。

他征用大批人夫车马为其筑坟，昼夜不停，其中高陵县县令竟为此劳累而死。送葬时，车马、供帐摆了七十多里。对此，连武则天都看不下去了，对他说，你如此不体恤民力，实为自掘坟墓之举，一旦事发，我也无力保你了。此时，李义府已聚敛成性，对武则天的警告也置若罔闻，仍然一意孤行。

为了敛财，李义府明目张胆地卖官鬻爵，一日，李义府派儿子去找长孙无忌的孙子长孙延，告诉他：可以为他求一官，数日便收到诏书。果然，过了五天，长孙延便收到了司津监的任命。对此，李义府向他索要了七十万钱。李义府卖官鬻爵，连他母亲、儿子、女婿都参与其中。他儿子更是倚仗权势，贪污受贿，为非作歹，作恶多端。唐高宗得知后，曾提醒他说，我听说你的儿子、女婿不守法，有很多罪过，我都给掩盖下来了，你要教育他们不要这样做。李义府自觉有武则天庇护，竟不仅不听劝告，竟敢反问高宗是听谁所说，气焰嚣张到不把皇帝放在眼里。这当然引起高宗的愤恨，最后终于将他治罪流放。李义府后来就死在了流放地。

拍马逢迎的"四其御史"

郭弘霸，亦名郭霸，舒州同安（今安徽桐城）人，是被史书记入《酷吏传》的酷吏，但人们对这位酷吏如何严酷却并不了解，史书记载也不详细。但他有两件事却广为人知，给人留下深刻的印象。一件是徐敬业起兵讨伐武则天时他的表现，一件是他讨好御史大夫魏元忠的做法。

唐朝时，武则天称帝，以周代唐，遭到许多人反对。当时，徐敬业在扬州起兵讨伐武则天，时任宁陵县县丞的郭弘霸，在朝见武则天时，慷慨陈词、主动请缨，发誓要活捉徐敬业，"抽其筋，食其肉，饮其血，绝其髓"。武则天知道凭郭弘霸的能耐，根本做不到，但她喜欢听这话，当时也需要这种拍马逢迎的小人，用

极尽拍马逢迎之能事的郭弘霸

来巩固自己的地位。于是，武则天便提拔他做了监察御史。人们为此给他起了个"四其御史"的绰号。

郭弘霸拍马逢迎有术，并尝到了甜头，越发不可收拾。

有一次，御史大夫魏元忠病了，郭弘霸这个新任的监察御史，认为讨好顶头上司的机会来了，别的御史去探望，带的是礼物，而郭弘霸探望的方式是品尝魏元忠的粪便。当年，越王勾践为了能回国，曾对吴王夫差使用过尝便的手段。如今郭弘霸为讨好魏元忠，竟也使用了此法。郭弘霸尝过魏元忠的粪便后，装着高兴的样子，贺喜道："味道是苦的，说明你的病很快就好了。"魏元忠是一位正直的大臣，对郭弘霸这种奉承自己的无耻做法很愤怒，便将此事公之于众，朝野上下都知道了，于是有人又给这位"四其御史"增加了一个绰号"尝粪御史"。

郭弘霸极尽拍马逢迎之技俩，不择手段，不顾廉耻，虽得到武则天的欢心，成为高官。但在人们的心中，他是一个无耻之徒，受人憎恨和唾弃。在有关他的传记里有一段文字表达了人们对他的憎恨，文字写道：一日，城中百姓敲锣打鼓、欢天喜地，武则天问大臣，啥事这么热闹？大臣答道，有三件喜事：一是久旱下雨了，一是久坏的桥修好了，还有一件，就是郭弘霸死了。

不敢担当的"模棱宰相"苏味道

苏味道，唐朝栾城人，自幼聪慧，9 岁便能写文章，很早便和同乡李峤以才学出名，时称"苏李"。他的《正月十五夜》，描绘长安元宵夜花灯盛况："火树银花合，星桥铁锁开。暗尘随马去，明月逐人来……"此诗历来为人们所赞美和传颂，柳亚子的"火树银花不夜天"就源于诗中的"火树银花合"。

苏味道在文学上很有成就，但在政治上却无建树，还落了一个不雅的绰号，即"模棱宰相"。

苏味道处理政务时，善于向皇上陈奏，由于熟悉典章制度，他上朝言事常常不带奏章，只凭口头侃侃而谈。但是所谈内容极为小心圆滑，从不明确态度。他常对人说，处理事情不能做明确的决断，因为如果发生了错误，就要负责任，做事只要保持模棱两可就行了。据说，他初为宰相时，有人问他："天下方多事，相公用什么办法去调和阴阳？"苏味道听后，不作回答，只是反复地用手摸床棱。问者明白了他的意思。之后也由此称他为"苏模棱""模棱手"成语"模棱两可"也由此而来。

苏味道处事模棱两可有一个事例。一次，他以御史身份巡行到

不敢担当的"模棱宰相"苏味道

会稽，恰遇有人告县尉李师旦在国忌日饮酒唱歌，还杖责了他人。苏味道问李师旦："你为官，为什么不守法，而违犯若是？"李师旦辩解说："饮酒，法没有禁止，何况我喝的是药酒。唱歌，我是在寄托哀思。杖责，是我为官的事，又因事出紧迫，你为什么要责罚我。"苏味道听后说："这是个反白为黑的无赖汉，不能以法绳之。"明知是狡辩，可还是用模棱两可的办法处之。结果，不了了之。

苏味道在武则天当政时期，曾三度拜相，居相位九年，却无建树，只是一味阿谀奉承，圆滑于君臣之间，屈于附和，遇事既不说赞成，也不说反对，从不明确表态，总是处于模棱两可中，人们为此送他一个"模棱宰相"的绰号。

苏味道小心翼翼，模棱了一生，但最终还是出了问题。事因改葬其父，侵毁乡人墓田，役使过度，被弹劾，后又因与张易之有牵连，再度遭贬，被迁为益州长史，最后死在赴任途中。

苏味道因模棱两可而闻名，其实，苏味道还有一个令他出名的身份，那就是宋朝著名的"三苏"苏洵、苏轼、苏辙的先人。苏味道有四个儿子，其中三个儿子做了官，唯有二儿子苏份不愿做官，赋闲在家。后苏份迁到眉山，在那娶妻生子、繁衍下来。宋朝的名士苏洵是他的第九代子孙。苏轼、苏辙则是他第十代子孙。苏味道也因为有大名鼎鼎的"三苏"后人而更有名了。

"随驾隐士"的"终南捷径"求官术

　　一般说来，隐士就是潜居避世的人，他们多隐居于山林、草野，以不求闻达、不入仕途为主要特征。隐士也称"处士""高士"。古时称没有出来做官而家居的士人叫"处士"，给人以高尚、圣洁的感觉，所以隐士又有"高士"之称。

　　然而，并非所有的隐士都清雅高尚。有的隐士目的就不是为了避世，更不是为了不求闻达不入仕途，恰恰相反，他们做隐士的目的，就是为了求闻达、入仕途、做大官。唐朝的卢藏用就是这种隐士的典型。

　　卢藏用，字子潜，幽州范阳人。年轻时就有点名气，写得一手好文章，书法也很好，还喜欢弹琴下棋，可以说是多才多艺，有"多能之士"称号，但在他中进士之后，却久久没被调选。卢藏用官欲

"随驾隐士"卢藏用

很强，一心想当官，却又实现不了，于是，他去终南山做了隐士，他是幽州范阳人，为什么要选终南山为隐居地呢？因终南山靠近京城，离长安只有几十里，在这里便于交结官场、窥伺做官的机会，有些名声也容易引起朝廷的注意。后来，卢藏用发现唐高宗时常驾临东都洛阳，于是，他又急忙在靠近洛阳的少室山找了个隐居地。当高宗在长安时，他就隐居在终南山，当高宗移驾到洛阳时，他就隐居到少室山，随着高宗车驾的往返而变动自己的隐居地。为此，人们给他起了个绰号叫"随驾隐士"。

后来，这位"随驾隐士"还真的因隐士闻名，被征召出山做了大官。

有人说，他的名字也取得巧，"藏用"，藏是为了用，随时等候召用。卢藏用对自己的这种行为，不仅不感到羞耻，还沾沾自喜，时常夸耀。有一年，有位叫司马承祯的道士应召入京，完事后，道士将返回天台山前，卢藏用手指终南山对他说："此中大有佳处，何必去遥远的天台山呢？"司马承祯说："以我所看，这是仕途的捷径。"卢藏用听后，知是在讥讽他，感到很尴尬。这便是"终南捷径"成语的由来。

卢藏用当官之后，专门趋奉权贵，毫无政绩，最后因依附邪恶势力被流放。

"口蜜腹剑"的"肉腰刀"李林甫

口蜜腹剑是大家所熟悉的一个形容阴险狡诈之人的成语。这个成语源于唐朝时的奸相李林甫，是由他的绰号演化来的。

李林甫自幼就是一个纨绔子弟，不好读书，好驰逐鹰狗、游猎打球，常常整日整日地骑着一头驴在城郊玩球。然而，这个无赖之徒却有一套钻营之术，使他在官场上春风得意、扶摇直上，从一名千牛直长，爬到了宰相之位。

李林甫深知，要取得权位，必须要得到皇帝的信任。李林甫为取得皇帝的信任，采取了"媚事左右"的手段。他想尽一切办法贿赂皇帝身边的人，上至贵妃、下至太监，甚至连皇帝身边的厨子他都不放过。这些人被其收买后，无不为之尽心尽力，这样，李林甫就能轻而易举地得到宫廷秘密，了解皇帝的想法。所以，他的奏章总能顺应皇帝的心意，故而受到赏识和重用。

有一次，唐玄宗让萧嵩选宰相，萧嵩推荐右丞韩休，玄宗表示同意。受过李林甫好处的惠妃立即将这消息告诉了李林甫，李马上找到韩休，说皇帝已决定要选他为相，并说为此事他出了很多力，帮他说了许多好话，韩休很感激他，为相后，处处关照他。

阴险狡诈的奸相李林甫

李林甫当了宰相之后，为了杜绝谏官向皇帝上奏告自己的状，他便将谏官召集起来训话，说，现在皇上圣明，做臣子的只要按皇上的旨意办事就行了，用不着你们再七嘴八舌的。你们看到皇宫前的仪仗马吗？它们平日吃的是三品官待遇的饲料，但只要它叫一声，就被拉下去，后悔也来不及了。有一个谏官没听他的，给皇上奏本言事，第二天就被贬到外地去做县令了。

李林甫嫉妒贤能，凡认为对自己的权位有威胁的人，他都设法排除掉，而其手段又极其狡诈。表面上，甜言蜜语，貌似关心爱护，实际上心狠手毒，如剑在腹，杀人不见血，所以人们送其绰号"肉腰刀"。许多人深受其害，就连官场上一些老奸巨猾的人，也往往败在他的手下。

安禄山可谓是拍马钻营的高手，但却被李林甫治得服服帖帖。安禄山初见李林甫时，依仗着玄宗和杨贵妃的恩宠，态度傲慢，相当不敬。李林甫不动声色，托故把大夫王鉷找来，王鉷当时也是一位专权用事的人物，身兼二十余职，深受玄宗宠爱。但王鉷见到李林甫是毕恭毕敬，满脸媚笑，安禄山见了，大为吃惊，顿时变得恭敬起来，这时，李林甫趁机对他说道："安将军此次来京，深得皇上欢心，可喜可贺，将军务必好自为之，效命朝廷。皇上虽春秋已高，但宰相不老。"安禄山听了深为惧怕，此时方知李林甫的厉害，从此之后，安禄山再见李林甫时不再是傲慢，而是战战兢兢地直冒冷汗，史书记载："每见，虽盛冬，常汗沾衣。"

左相李适之，是唐太宗的曾孙，以精明强干著称，"昼决公务，庭无留事"。李林甫认为此人对自己有威胁,应想法排除,一天,李林甫对李适之说,华山有金矿,开采出来可大大增加国家的财富,只是皇帝还不知此事。李适之认为李林甫讲得有理,便向玄宗上奏此事,玄宗很高兴。当皇帝向李林甫说及此事时,李林甫却说,我早已知道,只是认为华山是陛下本命王气所在之所,不可穿凿,所以不敢上言。玄宗听了,觉得还是李林甫忠心,想得周到,责怪李适之考虑问题太草率,因此要求李适之以后奏事应先与李林甫商议,不得自行主张,李适之从此不敢放手干事,后来干脆辞去了相位,李林甫就这样不声不响地将对手排挤掉了。

还有一个叫严挺之的官员,被李林甫排挤在外地当刺史,后来,唐玄宗想起了他,跟李林甫说:"严挺之还在吗?这个人很有才能,还可以用。"李林甫说:"陛下既然想着他,我去打听一下。"李林甫回去之后,找到严挺之的弟弟,对他说:"皇上对你哥哥很关爱,如果他想见皇上,可以上一个奏章说自己有病,想回京城看病。皇上一定会同意的。"严挺之的弟弟认为李林甫还很关心自己的哥哥,很感激,便给哥哥去信说了此事,严挺之真的写了一道奏章,请求回京治病。李林甫马上拿了他的奏章去见唐玄宗,说严挺之病得很重,不能干大事了,宜给一个闲职去养病。唐玄宗感叹了一番,觉得很可惜。严挺之就这样被派到洛阳任闲职养病去了。他不知是李林甫的阴谋,还感激他呢。

李林甫平时给人的印象是平易近人、和颜悦色,但却"阴中有伤,不露辞色"。他那外表上装得对人极为友善,暗中却加以伤害,竟然还不露一点声色,人们称其"口有蜜,腹有剑"一点不为过,这就是"口蜜腹剑"这一成语的由来,还由此派生出了一个歇后语"李林甫当宰相——口蜜腹剑"。

对于李林甫的狡诈阴险,《资治通鉴》有一段精辟记述:"林甫媚事左右,迎合上意,以固其宠,杜绝言路,掩蔽聪明,以成其奸;

妒贤嫉能，排抑胜己，以保其位；屡起大狱，诛逐贵臣，以张其势。自皇太子以下，畏之侧足。"我们从这段记述可以看出，李林甫玩弄权术的手段已到了登峰造极的地步，无人能比。

李林甫权势熏天，作恶多端，连他的儿子李岫也为他担心。一次，李岫随他游园，看到一个役夫拉着一辆重车走过。趁机跪倒在地，哭着对父亲说："大人久居相位，树敌甚多，以致前途满是荆棘，一旦祸事临头，想跟他一样恐怕都不可能。"李林甫不悦，然后叹道："形势依然如此，又有什么办法。"

李林甫当然知道自己结怨甚多，身有危险，为此，他一改先前宰相随从不过数人的旧制，每次出门都要有百余名卫士护卫，还要进行清道净街。在家中也是如临大敌，其住地不仅重门复壁，还要用石头砌地、墙中夹置木板，甚至每晚都要转移住处。

然而，尽管他机关算尽，也挽救不了他作为奸臣必然衰亡的命运。坏事做尽总有报，最终他被另一个奸相杨国忠以谋反之罪搬倒。那时，他刚被装入棺材，结果是棺材被劈开，身上的金紫朝服被剥下，口中的珠子被抠出，改用一个小棺材，以庶人的身份草草掩埋，家产被抄没，其子孙被削职流放。

毫无作为的"秃角犀驸马"杜悰

　　唐宪宗的驸马杜悰有一个很奇特的绰号叫"秃角犀",人称其为"秃角犀驸马"。秃角犀,即没有角的犀牛。犀牛不产于中国,在中国很罕见,是一种很珍贵的动物。犀牛的珍贵在于它的角,犀牛角既可制作精美的工艺品,又是一种名贵的中药材,犀牛没了角也就不值钱了。那么杜悰为什么会有这么一个绰号呢?这还要从他的身世和驸马身份说起。

检像　傅遵　太公　公悰　图徒　邠司　唐校

　　杜悰是唐朝著名宰相杜佑的孙子。杜佑在位时,不仅政绩卓著,而且还为人们留下了一部 200 卷的《通典》,是唐朝赫赫有名的政治家和史学家。

　　杜佑的子孙很多,孙子一辈中,以诗人杜牧最为著名。杜悰是他孙子辈中比较平庸的一个。但他却官

杜悰

运亨通，位居高位，其原因就是他是唐宪宗的驸马。

唐宪宗很看重学士，他看到宰相权德舆的女婿是个翰林学士，风度文雅，很羡慕，也想为自己的女儿岐阳公主选一个这样的丈夫。于是他就下令，让宰相及众大臣从卿士之家中为他挑选一位做驸马。而当时卿士之家的子弟多不愿做驸马，他们认为公主多缺少修养，难以相处，而且一旦身为驸马，又要受诸多约束，失去很多自由，所以，都找借口拒绝，唯独杜悰愿意。于是，他便成了唐宪宗的乘龙快婿，做了皇帝的驸马，自然也就飞黄腾达起来。官职节节高升，很快成为宰相，还被封为邠国公。

杜悰虽为高官，却并无建树，既不关心国家，也不爱护百姓，只知享乐腐化。他为淮南节度使时，遇大旱，饥民没有粮食吃，便到漕运的沟渠中去掏取漏掉的米粒充饥。山坡和池边凡能吃的植物、野果都被采摘一空。对此，他不仅不引咎自责，反而引以为荣，竟上表皇帝称之为吉祥。他在地方为官时，从不理狱讼，罪犯不论罪行轻重，一律关起来，任其死亡。杜悰在政治上不作为，但在生活上却很讲究，很会养尊处优。有一次他过三峡，江中风浪很大，他感到口渴，呼唤左右上茶，左右为风浪所惊，没有听到，他便自己倒了一杯喝。事后，他竟说这是他平生最不称意的一件事。

后来人们评论他说："处高位而妒贤，享厚禄以丰己，无功于国，无德于民。"就像一只没了角的犀牛，虽为名相之后，却无名相之德，将其先祖所树立的政风、家风丧失殆尽，有愧于先祖，是一个被人所蔑视的"秃角犀驸马"。

后来，"秃角犀"便成了徒有其名而无真实才能的人的代名词。

为官不为的"签名宰相"和"三不开宰相"

　　唐朝时，有一个叫陈希烈的人，精通玄学，为官后常在宫中讲《老子》《周易》。

　　陈希烈因精通玄学受到唐玄宗的器重，从此官运亨通，从秘书少监、工部侍郎、集贤院学士、门下侍郎、崇玄馆学士直到宰相。

　　陈希烈做宰相是李林甫推荐的，李林甫是唐朝著名的奸臣。当时，李林甫专断朝政，当李适之罢相后，李林甫认为陈希烈深受皇帝宠信，而且性情温柔，容易控制，便积极推荐其为相。陈希烈为相后，百般讨好李林甫，和李林甫打得火热，唯李林甫是从。当时李林甫权倾朝野，在家中处理政务，百官都聚集到他府前等候召见，而陈希烈虽为宰相坐镇政事堂，却无人

"签名宰相"陈希烈

谒见，他只是在公文上署名而已。每当李林甫将公文送给他过目，他看也不看便"引籍署名"以示完全赞同，成了一个地地道道的"签名宰相"，是典型的明哲保身、不作为的官员。

但安史之乱时，陈希烈却变了个模样，和叛军一起攻城略地，气焰嚣张，还做了叛军的宰相。安史之乱平定后，他被朝廷赐死。后来，欧阳修、宋祁编撰《新唐书》时，将他列入《奸臣传》，钉在了历史的耻辱柱上。

为官不为，历朝历代都大有人在。五代时期，有一个叫马胤孙的，也是一个典型的不作为的高官。此人进士出身，后唐李从珂为潞王时，召他做了河中观察支使。李从珂杀了闵帝自立为帝后，开始重用他，官职一路高升，从翰林学士、户部郎中一直升到中书侍郎同中书门下平章事，相当于宰相，地位可谓高也，但马胤孙虽身居相位却不敢决定政事，朝政任人摆布。他奉行的是朝上不随便开口议事，官署里不开印办事，在家不开门接待宾客。为此，人们送给他一个"三不开宰相"的绰号。此事，司马光的《资治通鉴》上也有记载，书中说道："胤孙性谨懦，中书事多凝滞，又罕接宾客，

这是人们将"三不开宰相"马胤孙视为摆设的一幅画。

时人曰为'三不开'，谓口、印、门也。"

　　纪晓岚在《阅微草堂笔记》中讲了一则故事，指出为官不作为是严重的过错。故事说，有一个官员来到阎王殿，声称自己生前无论到那里，只喝一杯清水、无愧于鬼神。阎王说，设立官职是为了处理民众的事情，仅认为不要钱就是好官，那么把木偶放在大堂上，它连一杯水也不喝，不更胜过你吗？官员辩解道，我虽不为，也没出什么大问题，阎王怒曰，不为就是最大的问题。

奸邪典型"名利奴"卢杞

　　卢杞，唐朝德宗皇帝时的宰相，此人天生貌丑，脸色像一张蓝纸，身材还很矮小。卢杞虽外表丑陋，但极具心计，阴险狡诈，又善辩，为追逐名利，不择手段，人称"名利奴"，是被记入史册的著名奸臣。

　　卢杞的祖父卢怀慎，父亲卢奕都曾是受人赞誉的唐朝清廉之官，其父亲在安史之乱时，因痛骂安禄山被杀害。而卢杞却反其道而行之，成了奸臣。

　　卢杞依靠祖荫入朝做官，一直做到宰相。《唐书》记载，他当了宰相之后，嫉能妒贤，稍有不附者，必置之于死地，以此来起势立威，巩固权势。

　　卢杞刚任宰相时，老宰相杨炎看不上他，按规定，两位宰相中午应在一起进餐，杨炎不愿与他同桌，常常称病不去。卢杞为此记恨在心，设计报复，他知道京兆尹严郢与杨炎有矛盾，便提拔严郢为御史大夫以排挤杨炎。最后，杨炎终于被卢杞陷害，被贬到崖州，死在了被贬的路上。

　　卢杞当上宰相之后，认为朝中德高望重，敢于直言的老臣，都对他的地位和权势构成威胁，于是，处心积虑地设计、陷害、排挤他们，不惜将他们置于死地。

当时，李揆在朝中有"第一人"之称，即论门第第一、论文学第一、论官职第一。卢杞怕这位老臣在皇帝身边对自己不利。便想出一个毒计，让这位老臣出使西蕃。李揆知道这是卢杞的阴谋，他对德宗皇帝说："我不怕远，只怕死在道上，不能完成皇上的使命。"德宗皇帝动了恻隐之心，便对卢杞说："李揆不老吗？"卢杞马上编出一套理由说，因与少数民族结盟的使者，必须熟悉朝廷事务，非李揆不行。并说，派李揆去，以后年轻的大臣们就不敢推辞去远处的差使了。昏庸的皇帝竟然听信了，李揆虽没有死在西蕃，但回来之后，便告老还乡了。卢杞的目的达到了。

在迫害颜真卿时，卢杞阴险狡诈，凶狠残忍的丑恶嘴脸暴露的尤为突出。

颜真卿是唐朝的三朝老臣，声誉极高，卢杞嫉妒颜真卿的声誉，一直在找机会陷害他。颜真卿知道卢杞嫉能妒贤的劣根，一直在小心翼翼地提防着他，可卢杞始终不放过他。一天，颜真卿找到卢杞，责问他道："当年你父亲英勇抗敌被杀，首级传到平原郡，我见他满脸是血，出于对他的尊敬，我没用毛巾去擦，而是用舌头一点一点地给他舔干净的，我对你父亲如此尊敬，我年纪这样大了，难道你就不能放过我吗？"卢杞听后，故作吃惊状，表明自己绝无和他过不去的想法，而背地里却加紧寻找迫害他的机会。

机会终于找到了，南平郡王李希烈叛变了，且声势越来越大。德宗皇帝问卢杞有何平叛办法，卢杞立即想到了颜真卿。他对德宗皇帝说，李希烈虽然造反了，如果能有一位德高望重的老臣去劝慰他，向他宣示皇帝的恩泽，他会悔过自新的。并说颜真卿是三朝老臣，名声极好，派他去说服李希烈，肯定能化干戈为玉帛。德宗皇帝竟然同意了。颜真卿虽然知道这是卢杞的阴谋，但有皇帝的旨意，

阴险狡诈，心狠手辣的奸臣卢杞

不得不去。但这一去便没有回来，最后被李希烈杀害了。

卢杞一方面不择手段地排除异己，一方面又千方百计地提拔、安插能为己用的亲信。

有一段时间，卢杞一人独掌大权，当他得知皇帝还要安排一位宰相时，便向皇帝推荐吏部侍郎关播。后来，关播升任中书侍郎同平章事，但实权仍在卢杞一人手里，有一次，皇帝和卢杞谈论国政，关播认为有一点不可实施，想站起来说话，卢杞使出眼神，关播就不敢开口。回到中书省，卢杞警告关播说："我一向认为你庄重谨慎，不多说话，所以推荐你到这个位置上，刚才怎么想起来要说话。"关播从此再也不敢发言。

对卢杞的阴险狡诈、凶狠残忍，老将郭子仪看得最透彻，还在卢杞刚刚出道时，就提防他了。有一次，郭子仪生病了，卢杞登门看望，郭子仪听说卢杞来了，马上屏退左右，独自一人接待卢杞。事后，家人问他为何这样接待。郭子仪说："卢杞长得丑陋，女人们看见他，一定会忍不住发笑，卢杞对此一定会怀恨在心，有朝一日他执掌大权，郭家恐怕连一个小孩都保不住。"

郭子仪的这一番话足以证明卢杞狡诈与险恶了。像卢杞这样，为追逐个人名利，使尽手段，耍尽阴谋，结党营私，迫害忠良，甚至陷害自己的恩人，这种奸佞之臣，在历史上虽属罕见，但又不乏其人。

多行不义必自毙，最后，卢杞栽倒在自己设计的阴谋上。

唐建中四年（783），朱泚、朱滔兄弟造反，德宗皇帝逃到奉天，在奉天又被朱泚所围。这时李怀光前往救援，打败了朱泚，解了奉天之围。李怀光认为自己解救皇上有功，皇上肯定会将他迎入朝中封官赏赐，李怀光还公开地说，这次皇帝遇难是卢杞的过失。卢杞得知后，深怕他在皇帝面前说自己的过失，便设计阻止他进城。卢杞对德宗皇帝说："李怀光为朝廷建立了奇功伟业，是朝廷的栋梁之材，我听说，叛兵一听到他的名字就胆战心惊，如皇上能命令他乘胜前进，一定能取得更大胜利。如果这时允许他入朝觐见，就会耽搁时间，给叛军以喘息机会，再进攻就困难了。"于是，皇帝就下令李怀光不必入朝觐见了。这一下惹怒了李怀光，干脆屯兵不进，公开上表讨伐卢杞和他的几个同党。朝中正直大臣也纷纷指责卢杞的过失。皇帝无奈，只好将其贬出京城，最后，卢杞死在被贬往澧州的路上。

德宗皇帝始终被卢杞所蒙骗，他曾对宰相李勉说："众人议论卢杞奸邪，我为什么不知道？"李勉回答道："卢杞奸邪，天下人都知道，唯有陛下不知，这正是他的奸邪之处！"德宗皇帝听后，沉默了很久。北宋著名的宰相李沆很赞同李勉的说法，他说："谄媚之人，说话像忠心；狡诈之人，说话似可信。至于像卢杞蒙蔽、欺骗唐德宗，李勉认为他是真正的奸邪之人，就是这样。"

媚上有术的"貌疏宰相"王钦若

王钦若是北宋时的大臣，为人狡诈圆滑，曾三任宰相，历经宋太宗、宋真宗、宋仁宗三朝而不倒，有"不倒翁"之称。

王钦若状貌疏瘦短小，颈上有疣，时人给他起了个绰号叫"瘿相"，又卑称他为"貌疏宰相"。

王钦若媚上有术，三朝不倒，有"不倒翁"之称。

王钦若自幼聪明，"智数过人"，颇具文采，18岁时，宋太宗进兵太原，他便写了《平晋赋论》献于皇上，轰动一时。太宗淳化三年（992），他考中进士，据说差一点中了状元。

王钦若虽饱读诗书，但为人却无德性，奸邪险伪。为取名利，拍马溜须，诬陷迫害，无所不用其极。人们将他与另外四名声名狼藉的奸邪官员并称为"五鬼"。

王钦若极善拍马溜须。有一

年，宋真宗做梦，梦见神人赐他天书于泰山。王钦若得知此事后，为了迎合真宗祈求天降福瑞的迷信心理，便精心编导了一处天降天书的事件。一日，一位名叫董祚的木匠在泰山的醴泉亭忽见远处天空飘来一块黄绢，黄绢上写有真宗的名字及一些不为人知的文字和符号。董祚感到惊奇，便拿来交给了他，他一见故作大惊异样，说这不正是皇帝梦中所说的天书吗？于是急忙赶到宫中，献给了真宗。真宗信以为真，非常高兴，马上封禅泰山，并在山上广建宫观。王钦若也因此受到真宗的喜爱和重用。

王钦若阴险狡诈，凡他认为对他的权势和地位有影响的人，他都要想方设法地陷害。陷害时又往往不露声色，极有手段，连名相寇准都曾受过他的陷害。

宋真宗景德元年（1004），辽军大举南侵，都城开封受到威胁，王钦若极力主张迁都，唯寇准主张坚决抗敌，并提出宋真宗亲征，以鼓舞斗志。最后，宋真宗接受了寇准的建议，率军亲征，取得了重大胜利。宋真宗也由此更加器重寇准，王钦若对此十分嫉妒。一日，王钦若找了一个机会对宋真宗说起战事，说这是寇准拿皇帝的性命来赌，并说战后签订的"澶渊之盟"是城下之盟，城下之盟是一种耻辱之盟，这有损皇帝的万乘之尊，是对皇帝的一种羞辱。经王钦若这么一说，宋真宗开始对寇准产生了疑虑，不久，就免去了寇准的宰相职务。

王旦接替了寇准的宰相职务，于是，王钦若又将陷害的目标转向了王旦。

当时有一个叫李宗谔的大臣，生活清贫，成亲时，曾向王旦借过一笔钱。李宗谔为官清廉，又有政绩，王旦打算推荐他为参政知事，王钦若得知后，认为打击王旦的机会到了，按照当时惯例，被封为参政知事便能得到皇上的一笔赏钱。于是，王钦若便密奏真宗，说李宗谔借了王旦的钱没法还，王旦就打算推荐他为参政知事，想用皇上的赏钱抵还他的债。说王旦不是荐贤，而是借机谋取私利。开始真宗还不相信，没想到几天后，王旦真的向他举荐李宗谔为参政知事，真宗非常生气，从此疏远了王旦。

宋仁宗即位后，王钦若用同样的手法，极力讨好仁宗，也受到了信任和重用，又重新当上了宰相，并被封为冀国公。

朝中正直的大臣对王钦若的丑恶行径非常憎恨，多有指责和揭露。无奈王钦若媚上有术，始终有皇上庇护着，无人能搬倒他，直至其病终。

王钦若死后，人们继续揭露他的罪行，此时的宋仁宗也逐渐认识到王钦若的狡诈和险恶，终于有一天，他对大臣说："钦若久在政府，观其所为，真奸邪也。"

"杨三变"的随风转舵术

在北宋，有一个叫杨畏的高官，此官极会随风转舵，在官场上，他就像变色龙一样，随着形势的变化，不断地变换自己的立场和观点，为此，他获得了一个"杨三变"的绰号。

杨畏，据史书记载："幼孤好学，事母孝，不事科举。党友交劝之，乃擢进士第，调成纪主簿，不之官，刻志经术。"意思是说，他对科举仕途都不感兴趣，一心只想做学问。这样的人，应该是位道德高尚的有识之人了。事实上并非如此，杨畏不是不想做官，更不是道德高尚之人，他是在等待机会，待价而沽。

王安石在宋神宗的支持下，实行变法时，杨畏认为自己飞黄腾达的机会到了。于是，他拜倒在王安石的门下，极力吹捧王安石，积极为王安石的变法唱赞歌，受到王安石的赏识，官职不断高升。后王安石的变法遭受挫折，以司马光为首的保守派势力渐渐占了上风。此时的杨畏，立即调转风头，开始赞美起司马光来，说司马光道德高尚，连深山里的少数民族听说他被重新起用，都相互庆贺。谁知，司马光执政仅一年就去世了。杨畏又立即转变态度，由极力赞美司马光，变成讥讽、嘲笑之。

司马光去世之后，杨畏依附了保守派大臣文彦博、吕大防、刘挚。刘挚推荐了他，使他得以高升。后来刘挚和吕大防发生了矛盾。杨畏权衡利弊，竟然帮助吕大防打击对他有提携之恩的刘挚，使刘挚丢了相位。

　　当宋哲宗亲政之后，形势又发生了变化。宋哲宗倾向于变革，变法派势力重新抬头。早已背叛了变法的杨畏，又重新为变法唱起赞歌来，赢得了宋哲宗的信任，得到重用。他那投机狡诈的个性始终不变，当时的宰相章惇一开始也很信任他，并把他从礼部侍郎提升为吏部侍郎。但当他看到中书侍郎李清臣和知枢密院安焘与章惇不合时，他认为从中渔利的机会又来了。便在暗中挑拨，教唆李和安反对章惇。后来，事情败露，杨畏的两面派本相暴露无遗，最终被削职赶出了朝廷。

　　杨畏为逐私利，政治态度可随时改变，反复无常。为达个人目的，他不惜攻击和出卖任何人，是典型的无德无义、变化无常的小人，为世人所不齿。所以，他那"杨三变"的绰号在当时就广为流传，还被写入多部史书之中，真可谓遗臭万年了。

不作为的典型"三旨相公"王珪

王珪，自幼就文采出众，宋仁宗时，考中进士，后来做了翰林学士。宋神宗时，做了尚书左仆射，相当于宰相。王珪能文善诗，其文章瑰丽多彩，自成一家，很受人推崇。连北宋的文坛领袖欧阳修也对他钦佩不已。他在做翰林学士时，朝廷的重要文诰、典策均出自他的手笔。

王珪才思敏捷，出口成章。有一年中秋，宋仁宗召他到宫中饮酒、赏月、赋诗。宋仁宗和他一起谈诗论文，并将自己写的诗给他看。王珪极尽逢迎之能事，"叹仰圣学高妙"，起身拜贺，令仁宗非常高兴，一直谈论到深夜。仁宗还让身边的宫嫔拿出她们的领巾、裙带或团扇、手帕等物向王珪求诗，并拿出自己的御笔供王珪使用。王珪不假思索，提笔就写，并能根据宫嫔的不同特点题诗，构思遣句，皆有新意。得诗的宫嫔个个高兴，把所得之诗呈仁宗过目。仁宗大为赞叹，并对宫嫔说，你们要给他润笔费。于是宫嫔们又纷纷取下自己的首饰，放到王珪的袖中。此事一时传为佳话，王珪也因此更受皇帝喜欢。

王珪博学多识，在文学上的才华确实令人敬佩。但王珪为官一心只想升官，处处顺从皇上，时时揣摩皇上心意，曲意迎合。王珪在政绩上却毫无建树，平庸之极。王珪虽身为宰相，担负着管理国家的重大责任，但他从不发表自己的意见、唯皇帝旨意是从。他上殿奏事，没有自己的主张和看法，只是说去"取圣旨"，皇帝表态之后，他也不问正确与否，只是恭恭敬敬回答说："领圣旨。"退朝之后，见到部下，便说"已得圣旨"。"取圣旨""领圣旨""已得圣旨"几乎成了他办事的固定程序。时间久了，人们便给他起了一个"三旨相公"的绰号。相公，是古时对宰相的称呼，人们平时就对王珪只知奉承谄媚，不关心国事的做法多有指责。所以，"三旨相公"绰号一出来便很快传开了，成了他毫无作为和没有建树的标志。

"浪子宰相"李邦彦与北宋灭亡

　　李邦彦，又名李彦，怀州（今河南沁阳）人。北宋著名奸臣，"六贼"之一。

　　李邦彦的父亲李浦是一名银匠。李邦彦喜欢与进士交游，河东举人进京，多取道李邦彦的家乡怀州去拜访他。遇到举人有困难，李邦彦还乐于资助。因此，他声名鹊起，入京补为太学生，后又被宋徽宗赐为进士。

　　李邦彦为人俊朗豪爽、风度优美，写文章敏捷而有功底，但他在民间长大，熟习猥鄙之事，常把街市俗语编成淫词艳曲传唱，其作品尤受风尘女子喜好，李邦彦以此为荣，自号"李浪子"。李邦彦为官后，依然如此，为此，还受谏官的弹劾，说他行为放荡，有违朝中官员的形象，被罢了官。李邦

加速了北宋灭亡的奸臣贼子李邦彦

彦还爱踢球，球技高超，有些名气。

李邦彦正是凭借这些不入道的本领，受到喜欢享乐的宋徽宗的赏识，李邦彦又极善逢迎，于是官运亨通、青云直上。

李邦彦还有一个往上爬的伎俩，那就是与宫中的宦官交好，经常讨好宫中的宦官，这些与皇帝亲密的宦官大都对他赞赏不已，总是不经意间在皇帝面前说他的好话，皇帝听多了也就信了。于是，李邦彦不断高升，直升到宰相的位子。

李邦彦高升，其父也受到特殊待遇，一个银匠，死后竟被赠为龙图阁直学士，还谥号"宣简"。

爬上高位的李邦彦，无意管理朝政，一味追求享乐，他立誓要"赏尽天下花，踢尽天下球，做尽天下官"。据《大宋宣和遗事》记载，每逢宫中饮宴时，李邦彦常常会像演员一样，亲自登场，拿出他诙谐的看家本领表演一番，取悦皇上和众妃嫔。有一次，他事先在身上印满了类似文身的锦绣花纹图案，待宴乐进行到高潮时，他上台扭动着腰肢，做出各种挑逗的动作，一件一件地脱衣服，同时，说着艳词，显示文身，逗引得皇上和众妃嫔笑声连连，皇上考虑现场还有很多妃嫔，要他赶快穿上衣服，还嬉笑着拿起木棍追打他，李邦彦逃到廊下，攀着梁柱，像猴子一样嗖嗖地爬了上去，然后，娇滴滴地向皇上求饶。皇上这时便命宦官传其圣旨："可以下来了。"在场的皇后看到此情景，忍不住叹道："宰相如此，怎能治天下耶。"

当时的北宋已是危机四伏，强盛起来的金国，入侵北宋的野心已暴露无遗，在此危机时刻，李纲、种师道等正直大臣坚决主张英勇抗敌、保卫国家。而李邦彦却极力主张求和，一再压制主战的李纲、种师道。最后，种师道气愤致疾，以至病死，而李纲则被贬到江西。为了达到求和目的，李邦彦甚至提出不惜割地赔款。当金兵兵临首都城下时，李邦彦不是率军迎战，而是要求宋钦宗下令不得得罪金兵。有一位霹雳炮手因英勇发炮，竟被枭首处死。

太学生陈东等数百人跪伏在宣德门前，上书指责李邦彦等投降派是社稷之贼，要求罢免他们，给予严惩。李邦彦退朝时，被群众指着大骂，愤怒的人还要动手揍他，李邦彦急忙逃脱。

　　北宋王朝在以李邦彦为首的投降派的操控下，一味退让求和，而金兵却步步紧逼、兵临城下。最终，发生了"靖康之难"，宋徽宗、宋钦宗做了俘虏，北宋就此灭亡了。

　　人们都说奸臣贼子误国，而李邦彦这位奸臣贼子所带来的不仅是误国，而是丧国，这一惨痛的历史教训，值得深思。

有才无德的"六贼之首"蔡京

蔡京是北宋时的著名奸臣，他与童贯、朱勔、李邦彦、王黼、梁师成勾结在一起，祸乱朝政，给国家和百姓带来了极大的灾难。太学生陈东上书，称此六人为六贼，称蔡京是"六贼之首"。老百姓恨他们，编了歌谣，"打了桶（童贯），泼了菜（蔡京），便是人间好世界"，咒骂他们。

其实，蔡京自幼聪慧，很有才华，他4岁时，便能背诵范仲淹的《岳阳楼记》，有"神童"之称，23岁时，便考中了状元。他在书法、诗词、散文等各艺术领域都有深厚造诣，尤其是书法，跻身于北宋苏、黄、米、蔡四大家之中。其书法笔法姿媚、字势豪健、痛快沉着、独具风格，为海内外所崇尚。就连狂傲的米芾都曾表示，自己的书法不如蔡京。可惜的是，这位才华横溢的才子，当官之后，却走了邪道，道德沦丧，成了臭名昭著的奸臣。

蔡京极善于钻营投机。王安石变法时，他积极拥护变法改革，成为干将。当司马光任宰相，废除王安石新法时，他又附和司马光积极推翻新法，做得比谁都积极，为此还受到司马光的称赞。到了宋徽宗又要推新法时，蔡京又建议将恢复旧法的司马光等人定为奸党，还将这些人的名字刻在石碑上，称为"党人碑"。借机排斥异己，巩固自己的势力。

蔡京狡诈，极善阿谀奉承，他先后四次担任宰相，长达 17 年之久。宋徽宗也知道他奸诈，曾多次罢免他的宰相之职，并选用与他不合的人来牵制他，但后来还是任用他。这是因为蔡京太有手段了，蔡京每当要被免职时，就向皇帝哀求，跪地磕头，毫无廉耻。蔡京深知宋徽宗喜好书画艺术，便利用自己的诗词特长讨好宋徽宗。在他被贬，闲居杭州时，爱好书画的宋徽宗派宦官童贯到杭州访求书画。蔡京趁机勾结童贯，把自己的书画送进宫去，由此受到宋徽宗的赞赏，重新得到重用。

蔡京有才无德，既是才华横溢的书法家、文学家，又是臭名昭著的大奸臣。

蔡京知道宋徽宗喜好享乐，便百般迎合，劝说皇帝，不必拘泥流俗，应该竭尽四海九州的财力来满足自己的享乐，这正合宋徽宗的心意。为此，他在苏州设了应奉局，在杭州设了造作局，专门采买、制造宫廷用品，供宋徽宗挥霍。他还从南方搜求奇花异石，动用大量船舶运到开封，称为"花石纲"，为此耗尽了国家的财力，为了弥补财政亏空，他改盐法和茶法，铸当十大钱，搞的币制混乱不堪、民怨沸腾、民不聊生，但却得到宋徽宗的欢心，巩固了自己的地位。

蔡京极为贪婪，不择手段地聚敛财富，仅土地就有 50 万亩。一次，皇帝赐他一座西花园，他为了扩建院子，拆毁附近民屋数百间，建成后的西花园奢华程度甚至超过了皇帝的东园。蔡京晚年以家为官府，谋求升官的人，聚集在他的门下，只要愿行贿，花钱送礼，就是仆隶也可取得官职。有人说他晚年"既贵而贪益甚"，甚至到了不惜造假账，领取双份宰相俸禄的地步。

蔡京祸国殃民，作恶多端，要求惩治他的呼声很高，宋钦宗即位，下旨将其贬谪到岭南。为此，蔡京作词道："八十一年往事，三千里外无家，孤身骨肉各天涯，遥望神州泪下。金殿五曾拜相，玉堂十度宣麻，追思往日谩繁华，到此翻成梦话。"对其一生的荣华富贵进行了回忆，充满了伤感之情。他赴贬谪处的路上，曾携带了大量金钱，但人们憎恨他，不愿将食物卖给他。蔡京不由得感慨："京失人心，何至于此。"

最后，这位在文化、艺术方面颇有才气和成就的才子，竟然饿死在被贬途中，死后连棺木也没有，被埋进了专门收葬无家可归者的漏泽园中。

公开索贿卖官的"白衣宰相"陈自强

　　陈自强是南宋时期的高官，是历史上有名的公开索贿、公开卖官的大贪官。

　　陈自强，字勉之，福州闽县（今属福建）人。陈自强本是一个穷困潦倒的书生。既非权贵也无背景，20 岁时考中进士，60 岁时才当了一个小小的县丞。后来得到一个得势学生的帮助，官运亨通，青云直上，最后竟当了宰相，人称其为"白衣宰相"。

　　陈自强的这个学生叫韩侂胄，当时已是外戚，因拥立宋宁宗即位有功，逐渐掌握朝中大权。韩侂胄得知昔日的老师求见，便想借报答师恩的名义提拔他，以为日后所用，接见那日，韩侂胄借助自己的权势，将朝中高级官员都召来了，见到陈自强，他恭恭敬敬地行了弟子见师大礼，落座后，韩侂胄向众官员介绍他的这位老师是个老学者，可惜埋没在外，沉沦下僚，殊为可念。话虽不多，但其中的含义已交待得很清楚，心领神会的众官员，也认为讨好韩侂胄的机会来了。于是，第二天纷纷上奏推荐其才。于是，陈自强的任命很快就下来了，初为太学录，不久迁博士，又转为国子博士、又迁秘书郎，接着又一路上升，不到 4 年的时间就进入枢密院，不久升为宰相。

做了宰相的陈自强自然对韩侂胄感恩戴德，为此，他竟然称自己的学生为恩父、恩王，并一再声称"自强唯一死以报师王"，为了官位竟无耻到了如此地步。

陈自强知道这个在朝中掌握实权的学生是个贪得无厌的人，于是，便千方百计地迎合他。陈自强当了宰相之后，每隔一段时间便让人给韩侂胄送去若干份由相府办好一切手续的空名委任状，任由韩侂胄在需要时自填姓名，安排亲信。韩侂胄自然高兴，也更信任他。

当时南宋的政权已很腐败，贿赂公行。陈自强有了后台，更是胆大妄为，明目张胆，毫无顾忌地索贿、卖官。地方官送公文到京城，封函的封口上一定要写上"某物并献"，如果没有这个"并"字，这公文便被扣到一边，不被打开。此事《宋史》上也有记载："凡书题无'并'字，则不开。"可见其贪腐的疯狂程度。陈自强还公开索贿卖官，凡向他求官求职的人，他都让他的子弟或亲信与其讲好价钱，在得到贿赂后，他便装模作样、"光明正大"地授官。

有一次，一位自称其父是陈自强老朋友的人，想到礼部任"掌故官"。找到陈自强，陈自强当众将他训斥了一顿。大家都认为其人求职不成了。谁知过了不久，其人却收到了"掌故官"的任命书，众人好奇，便问其人何故？其人拿出了一封回信给大家看，信上写了八个字："珍贶鼎至，光耀老目。"意思是说，礼物收到了，心里很高兴，老目生辉。众人看了，自然明白，愤然而去。

陈自强为了便于敛财，还创建了国用司总管财政，自任国用使，借此搜刮民财，中饱私囊，百姓深受其害，怨声载道，州郡骚动足见征敛之重。

陈自强借助韩侂胄的权势和庇护，肆无忌惮地索贿受贿、卖官敛财，聚敛了大量的财富，本想可以永久享乐。没想到，韩侂胄因

"开禧北伐"失败而被杀。陈自强失去了靠山，其罪行遭到揭露，皇帝下旨，将其罢官流放，财产也被抄没。最后，陈自强死在了流放途中。流放途中，陈自强见到族人时，曾感慨："大丈夫切不可受人恩。"言外之意，是说他因受韩侂胄之恩，才陷入了贪官污吏的黑窝，越陷越深，不能自拔，事到如今，只能自食其果。

"蟋蟀宰相"贾似道与南宋亡国

　　贾似道，南宋权臣，是历史上著名的奸臣之一。此人自幼顽劣，因其姐姐被宋理宗选为宠妃，他便借裙带关系步步高升，从宝章阁直学士一直做到右丞相。

　　贾似道善于玩弄权术，忽必烈围困鄂州时，宋理宗命他领兵出征，他既无军事才能，又畏敌如虎，还没交手，先暗中派人与蒙军私下议和，表示南宋王朝愿称臣，每年奉上20万两白银、20万匹绢。而此时，正值蒙古大汗战死，忽必烈要回国夺取汗位。贾似道借蒙古军撤退时，乘机进攻，杀伤了170多名蒙古兵。对此贾似道大吹大擂，称是空前绝后的大捷，还让其党羽编撰《福华编》为其吹嘘，闭口不谈屈辱求和之事，宋理宗受其蒙蔽，命文武百官恭迎贾似道凯旋。宋理宗还为此在西湖边为他造了一个极尽奢华的花园。此花园与皇宫相邻，贾似道听到上早朝的钟声，一会便到宫前。平日里，贾似道就在园中过着奢侈糜烂的生活。

　　贾似道大权在握，更是肆无忌惮、为所欲为，他喜爱一位公卿的一条玉带，但此公卿死时将其殉葬用了，他竟令人掘墓取来占为己有。他的一个小妾的哥哥到他的府前窥视，被他发现，竟下令将其捆绑起来扔到火中烧死。他的一个爱妾李氏，一次观湖时看到两位青年男子风度翩翩，脱口赞道："美哉，二少年！"他听后，便把李氏的头颅砍下来，装在盒子里让众姬妾观看。

贾似道将享受和玩乐视为首要的事情，而将国事放到次要位置，襄阳被

"蟋蟀宰相"贾似道

蒙古军围攻时，边关文书接二连三地传来，他一律不上奏朝廷，整日嬉戏淫乐，和众姬妾趴在地上斗蟋蟀，他的一个赌友开玩笑地说："此军国大事耶？"贾似道也因此有了一个"蟋蟀宰相"的绰号。

由于贾似道严密控制舆论，宋军节节败退，皇帝全然不知，直到蒙军攻陷襄阳长驱直入，皇帝才急了，急派贾似道统领十三万精兵出战迎敌，贾似道贪生怕死，根本不思抵抗，一味求和，他给元丞相伯颜送上礼品，要求议和，遭伯颜拒绝，贾似道慌作一团，在几乎未加抵抗的情况下，抛弃了十三万精兵，乘小船逃走，宋军大败，死伤不计其数，蒙军直逼临安，朝野一片震恐，要求杀贾似道以谢天下。最后，贾似道被免职，贬往广东。

县尉郑虎臣负责押解贾似道，押解路上，郑虎臣多次提醒贾似道自杀，但贾不愿死，郑遂用各种手段折磨他，至木棉庵，被迫饮冰片自杀，但只是腹泻未死，郑虎臣将其杀死在厕所内。今广东木棉庵前，还留有明朝抗倭名将俞大猷在石亭中立的石碑，上有"宋郑虎臣诛贾似道于此"。

贾似道死了，但由贾似道导致的这次惨败，使南宋军心涣散，军力大减，也无力与蒙军抗衡，没过几年，南宋便灭亡了。南宋灭

亡后，忽必烈曾问南宋的降将："尔等何降之易耶？"降将答道："宋有强臣贾似道擅国柄，每优礼文士，而独轻武官。臣等积久不平，心离体解，所以望风送款也！"

南宋的灭亡不能完全归罪于奸臣，但奸臣贾似道加速了南宋的灭亡，这是不争的事实。

贾似道迷恋蟋蟀，有时上朝也带着蟋蟀，以致于在朝廷上不时地传来蟋蟀的叫声，甚至还发生过蟋蟀从他袖中跳出，跳到皇帝胡须上的闹剧。贾似道不仅迷恋蟋蟀，而且对蟋蟀深有研究，并写了世界上第一本研究蟋蟀的《促织经》。为此，人们不仅称其为"蟋蟀宰相"还送给他一个"贾虫"的绰号。

弹劾不倒的"刘棉花"

刘吉历经明朝英宗、宪宗、孝宗数朝而不倒。弹劾他的人很多，一批接一批，可始终扳不倒他。而且有时是越弹劾他越高升。有人比喻他，像棉花一样耐弹，越弹越好用。于是，便给他起了一个"刘棉花"的绰号。

刘吉耐弹劾，不是因为他品德高尚、政绩突出，恰恰相反，刘吉是一个人品和政绩都很差的人。这样的一个人为什么能耐弹劾，保住官位，长期不衰呢？这自然也要有一套本领。刘吉这样的本领，就是"多智数、善附会、自缘饰、锐于营私"。

刘吉

举几个例子说一下：明宪宗成化十八年（1482），刘吉的父亲死了，按封建礼制，他应该告假回家"丁忧"，但他怕失去内阁大臣的职位，不愿离去。可他又不能公开说不愿回去"丁忧",这样他将落个不孝的骂名。于是,他便托人让皇帝出面慰留他。这一招果然奏效,他回家不久,宪宗皇帝便下诏让他回来。这种令"丁忧"之人丧服未满就出仕的做法叫"夺情",就是为国家大局而牺牲个人小家利益。而刘吉接到诏令之后,却装出一副为父尽孝的姿态,再三恳辞,希望皇帝收回诏令,成全他的一片孝心。皇帝当然"不允"。于是,他又名正言顺地回到自己的官位上,既保住了官职,又获得了孝子的美名,可谓双丰收。

刘吉善于察言观色,拍马逢迎。宪宗时,刘吉身为内阁大臣,却很少过问政事,一味迎合皇帝的意愿,寻求自己的私利,排挤、打击忠贤,对皇帝的失德之处、国家财政的亏空、社会存在的问题,从不表态。当时社会流传有"纸糊三阁老,泥塑六尚书"的民谣。刘吉就是其中的三阁老之一。

对于对他的弹劾,他也有一套对付的办法,一是粉饰自己的过错,进行解脱,二是讨好皇帝,以求得到保护。孝宗时期,朝中正直大臣弹劾他和另外两位内阁大臣,他就是用这种办法保全了自己。结果,另外两位内阁大臣都被赶下了台,唯独他得以留用,并更受皇帝重用。

遗臭万年的"青词宰相"严嵩

　　严嵩，明朝权臣，字惟中，一字介溪，分宜（今江西分宜）人。提起这位明朝嘉靖年间的权相严嵩，人们都知道他是一个贪污纳贿、结党营私、陷害忠良的大奸臣，可谓臭名昭著。但严嵩并非不学无术之辈，他自幼刻苦学习，写得一手好文章，25 岁便考中了进士。严嵩初为官时，还曾想要做一个清廉正直的人。他曾给自己起过一个别号叫"介谿"，"谿"含有空虚、欺人之意。"介"也作"戒"意。"介谿"就是做人要正直，勿做虚伪欺诈之人。

　　随着时间的推移，严嵩在官场待久了，其权力欲也开始膨胀。为了取得更高的官位，他开始绞尽脑汁、拍马钻营，寻找晋升的门路。他先是讨好皇帝宠信的礼部尚书夏言，据说为了求见夏言，他曾长跪在夏府门前。后来，在夏言的推荐下，他步步高升，很快当上了礼部侍郎。这个官职使他接近皇帝的机会多了。于是，严嵩又想尽办法取悦皇帝。当时的嘉靖皇帝迷信道教，经常在宫中设道场做法事。做法事时要念奉天神的表章，表章是用朱笔写在一种青藤纸上，故称"青词"。每逢嘉靖皇帝做法事，严嵩总是提前为其准备好"青词"。严嵩很有文采，又是提前精心撰写，所以，他所写

被《明史》列入明代六大奸臣之中的严嵩。

的"青词"，很受嘉靖皇帝喜爱。时间久了，皇帝感到离不开他了。于是严嵩的官职也不断升高，后来终于成了一人之下、万人之上的权臣。人们认为，他的权势是因为给皇帝写"青词"得来的，所以，给他起了个绰号，叫"青词宰相"。

严嵩凭借着"青词"登上首辅之位后，实权在握，变得为所欲为起来，而且越来越阴险狠毒。他贪得无厌、侵占军饷、收受贿赂、搜刮民财、无所不为；他排除异己、陷害忠良，甚至连推荐过他的恩人夏言也遭他陷害。

严嵩凭借手中的权力，结党营私，培养自己的势力，并将儿子严世蕃委以高官，父子勾结弄权，时人给这父子俩起了"大丞相"和"小丞相"的绰号，在严嵩父子一伙人的把持下，朝政腐败，行贿受贿之风盛行，官职公开买卖，且明码标价，如七品州判，售银三百两，六品通判售银五百两，官职越高，售价越贵。有一个叫潘鸿业的贡士，花了二千二百两银子买了一个临清知州的官位。严氏父子借此中饱私囊。

严嵩对财富贪得无厌，其占有欲几乎到了疯狂的程度。每当受贿足万时，他就要安排一次酒席，办一次隆重的宴会，一来庆贺自己财富的增加，二来借机再敛一笔。据说这种宴会曾连续办了 5 次。人们对他这种疯狂敛财的行径，恨之入骨，都说他害了"钱癖"。

　　严嵩通过贪腐，积累了大量的财富，他儿子曾狂妄地说："朝廷无我富！"后来，严世蕃犯法被杀，严嵩被削职为民，家产被抄，抄得家产有黄金三万余两，白银二百万两。此外还有田地上百万亩、房屋六千多间，以及无数的珍稀古玩、名人字画。

　　严嵩被抄家，削职还乡，无家可归，两年后病死。落得一个可悲的下场。《明史》还将他列入明代六大奸臣之中，钉在了历史的耻辱柱上，遗臭万年。

"天下第一贪"和珅

和珅，字致斋，钮祜禄氏，满洲正红旗人。本是乾隆身边一个微不足道的护轿侍卫，后来竟成了权倾朝野的"二皇帝"和富可敌国的"天下第一贪"。

和珅是怎样走向这条道路的呢？其秘诀就是揣摩皇帝的心理，讨得皇帝的喜欢和信任。和珅在这方面的本领可以说达到了炉火纯青的地步。让我们略举一例：有一天，乾隆布置了镇压白莲教的事宜后，单独召见和珅，在座的还有嘉庆皇帝。乾隆双目紧闭地坐在那里，嘴里不断地嘟囔，嘉庆努力去听，想知道乾隆在说什么，但一句也没听明白。过了一会，乾隆忽然睁开眼问道："他们都叫什么名字？"和珅立即回答："徐天德、苟文明。"乾隆又闭上眼继续念叨。后来，嘉庆召见和珅，问他怎么知道乾隆问的是谁。和珅说，当时乾隆念的是西域秘密咒，咒人死亡，他就知道这是乾隆在咒白莲教的首领。所以，在问他们都是谁时，他就回答了白莲教的两个首领。能有这样的本领，怎能不受乾隆宠爱而青云直上呢！

在乾隆的宠信下，和珅由一名低级侍卫直到军机大臣、内务府大臣、御前大臣、议政大臣、侍卫内大臣、步军统领、文渊阁提举阁事、四库全书馆正总裁等文武要职。六部中他当过四部的尚书。王春瑜主编的《中国反贪史》说，和珅"他集军事、行政、财政和民族、外交、文化、教育大权于一身，达到了登峰造极的地步"。

和珅大权在握，极力培植自己的势力，朝中凡臣服于他的，他设法提拔重用，即使犯了错，也会替他在皇帝面前周旋，帮他们大事化小，小事化了。面对不愿依附于他的正直官

和珅是清朝著名的贪官，有"天下第一贪"之称。

员，则"伺隙激上怒陷之"，伺机挑动皇上不满加害之。朝中官吏大都惧怕其权势，或惧而避之，或趋炎附之。和珅在官场上也变得极为嚣张，一次，山东历城一县令，到京求见和珅，他向和府的看门人贿赂了2000两银子，才被允许跪在和府大门口等候。和珅回府时，在车中见到了跪者，得知他是七品芝麻官，不仅不接见，反而呵斥道："县令是何虫豸，亦来叩见耶！"

和珅权倾朝野，除乾隆皇帝外，他不把任何人放在眼里，连太子也惧怕他。和珅成了真正的"二皇帝"。

和珅不仅弄权有一套本领，敛财也很有手段，他生性贪婪，只要他看中的东西，总要千方百计搞到手。和珅的儿子丰绅殷德娶的是乾隆皇帝宠爱的小女儿和孝公主，和孝公主对和珅的贪婪和跋扈颇为不满，并为之担忧，她曾对丰绅殷德说，汝翁受皇父厚德，毫不报称，唯贿日彰，吾代汝忧，他日恐身家不保，吾必遭汝累矣！

有一次，大臣孙士毅从安南给乾隆皇帝带回一个用珍珠精心雕琢的鼻烟壶，和珅看到后对它赞不绝口，向他索要。孙士毅面有难色地说："我已奏明过皇上，过一会就要进呈上去。"和珅笑道：

"我不过和你开个玩笑，何必当真呢。"过了几天，和珅见到孙士毅，神秘地笑着递给他一只鼻烟壶，说："你看这个鼻烟壶和你进贡的那个比怎么样？"孙士毅接过一看，正是他前几天献给乾隆的那个。孙士毅开始认为这是皇帝赐给他的，后来才知道是和珅直接从宫中拿出来的。

在他当政的二十余年中，通过贪污纳贿、克扣军饷、营私舞弊等各种方法聚敛了惊人的财富。乾隆死后，嘉庆亲政，抄没了他的家产。其数目之大令人震惊。据说，其中有赤金500万两，生沙金200万两，重一百两的金元宝100个，元宝银940万两，金银碗碟、脸盆、痰盂无数，其中有一个重26斤的金宝塔，还有祖母绿、翡翠西瓜、水晶缸、珊瑚树、古玩、字画等稀世珍宝，数也数不清。和珅在各地的房产，光契约就装了五大箱。现存的北京恭王府及花园、郭沫若故居、北京大学校园（当时的淑春园）、宋庆龄故居等地都曾为和珅所有。在北长街会计司胡同、前门大街大栅栏地区以及承德避暑山庄周围、通县、涿州等地，也都有和珅的大量房产。此外，还有当铺75座，古玩铺12座。其家产总值约合白银10亿两。相当于清朝政府十几年的财政总收入。和珅最后被赐死，其巨额财富除一部分收入国库和赏给皇亲国戚外，多数落入嘉庆的腰包。所以，人们说，"和珅跌倒，嘉庆吃饱"。

其实，和珅初为官时，也没有那么嚣张和贪婪，他还帮助过乾隆皇帝惩治腐败，乾隆四十五年（1780），他受命查处云贵总督李侍尧贪侵公款案，不仅成功地拿下了这个贪腐团伙，还整肃了一大批贪官。可后来，随着权力膨胀，又有乾隆皇帝这个靠山，和珅便忘乎所以，为所欲为，最后，滑向了贪腐的深渊，成了"天下第一贪"，落了一个可悲的下场。

"油浸枇杷核"王文韶

清朝末期，内外交困、矛盾交织，官场上的勾心斗角、尔虞我诈更为突出，再加上以慈禧为首的后党与以光绪为首的帝党之间的争斗，使得官场上的斗争更为复杂、更加险恶。要想在这样的环境下，久居高官位置而不倒，确实是件不容易的事，没有为官的特殊手段是很难办到的。可就有这么一个人，他做到了，这个人就是王文韶。

王文韶，咸丰年间考中进士，同治年间升为湖南巡抚。自那以后，他便一路顺风、步步青云，官越做越大。光绪年间，他升为云贵总督，接着又升为直隶总督、北洋大臣，直至户部尚书、军机大臣，一时间权倾朝野。而与他同时期的高官得以善始善终的却很少，不是被罢官，就是受惩罚，有的甚至被关进大牢，掉了脑袋。就像李鸿章、翁同龢这样显赫的人物，也没能善终，李鸿章最后被赶下了台，在人们的一片唾骂声中死去。翁同龢也被解除职务，赶回老家反省。

那么，王文韶是用什么手段，使自己长久稳居高位不倒，成为一个"不倒翁"式的人物呢？

王文韶靠着圆滑的为官之术，成为清朝晚期著名的"不倒翁"。

王文韶靠的是一套圆滑的为官之道。他为人圆通练达、八面玲珑，善于察言观色、随风转舵，尤其是在斗争的激烈关头，常做骑墙派两面讨好，而且手段高明，很难使人找到他明显的过错，可谓圆滑之极。为此，人们给他起了一个"油浸枇杷核"的绰号。枇杷核就够滑的了，再用油浸过，那可就滑到家了。让我们略举几例。王文韶耳朵不好使但并不严重，而王文韶却是充分利用了这点。对他有利时，他的耳朵很好，什么都听得见。对他不利时，他的耳朵就聋得厉害，什么也听不到了。有一次，两位大臣为争一事，相持不下，慈禧太后就问王文韶，意见如何？王便装没听见，不知所云，只是莞尔而笑，慈禧再三追问，王仍是笑。慈禧太后说："你怕得罪人？真是个琉璃球。"王仍然还是笑。

还有一次，朝廷让他去通知彭玉麟巡阅长江水师，彭玉麟原是湘军水师统帅，是位孤高之士，退隐后以画梅花自娱。王文韶奉谕去通知，若是普通的阿谀之徒，进门必称"恭喜"，而王文韶见到彭玉麟却顿足叹道："不知是谁多嘴，不容你长伴梅花逍遥自在了。"一向淡泊名利的彭玉麟听到此话，自然是很高兴的，这马屁可谓拍得高明。

王文韶很欣赏自己为官的手段，他认为他的手段不仅保住了高官厚禄，而且还在乱世之中给自己带来了安全感。当时，革命党人谋杀满清权贵的现象时有发生，而王文韶夜间出行却特意打着写有"王"字的灯笼。有人提醒他，小心引来杀身之祸，他却得意地笑道："我一生与人和平，向来没有结怨，如此特意打明灯笼，正是以便乱党看清，免得误伤啊。"

王文韶就这样，毫无建树而又圆滑地度过了一生，他还有点自我陶醉，认为自己很有手段，但不知，他对"油浸枇杷核"这个绰号当作何感想。

韬光养晦的"洹上渔人"袁世凯

　　袁世凯，中国近代史上家喻户晓的政治人物，他有许多绰号，但最有影响的一个绰号是"洹上渔人"。

　　戊戌变法期间，袁世凯表面赞同维新运动，暗地里却向荣禄告密，出卖维新派。六君子被杀，光绪皇帝被囚禁于瀛台。袁世凯由此得到慈禧太后宠信，官运亨通，步步高升，直至担任了直隶总督、军机大臣、外务部尚书，成为清政府握有军政大权的实权人物。

　　1908年，光绪和慈禧先后去世，醇亲王载沣为摄政王，掌握了权力。此时，要求惩治袁世凯的呼声很高。据传，光绪皇帝死前留下一道遗诏，写了一个"斩"字，"袁"字写了一半就不行了。还传说，光绪皇帝交给隆裕皇后一个纸片，并对隆裕皇后说："杀我的是袁世凯。"也有说，光绪皇帝亲自用朱笔写了"必杀袁世凯"的手谕，放在他的砚台盒内，后为隆裕皇后发现。虽然这些说法都无法证实，但光绪皇帝1900年逃离到西安后，经常"画成一龟，于背上填写项城（即袁世凯）姓名，粘之壁间，以小竹弓向之射击，既复取下剪碎之，令片片作蝴蝶飞……"是见于史书记载的，这足以说明光绪皇帝对袁仇恨之深。

袁世凯自称"洹上渔人"，头戴斗笠，身披蓑衣，意在昭告世人自己彻底隐遁。

载沣也极仇恨袁世凯，他掌权之后，决心除掉袁世凯，一为其兄报仇雪恨，二为杜绝后患。袁得知这一情况后，自然恐慌，终日提心吊胆。后载沣虽没杀掉袁世凯，还是借故他有足疾将其罢官，让他回老家养病去了。

袁世凯回河南之后，到了彰德洹上村，这里有他一座大庄园。此时的袁世凯自知处境危险，为迷惑清政府，消除对他的注意，他在彰德装出一副闲情逸致的样子，或扶杖漫步，花前月下；或吟诗作画，饮酒作乐；或泛舟洹水，披蓑垂钓。他长吟"散发天涯从此去，烟蓑雨笠一渔舟"，并让人为他拍了一张戴笠披蓑，静坐垂钓于船头的照片，到处送人，并给自己起了两个绰号："洹上渔人""渔上钓叟"。他极力宣传这两个绰号，目的是让更多的人知道。他与人相见时，总是以这两个绰号自称，借此表示自己已经淡泊名利，决心彻底隐遁了。

其实，袁世凯从未停止过恢复权力、东山再起的活动。据说，他密室中的电报机每天都在忙碌着，他装扮"洹上渔人"只不过是一种韬光养晦的手段罢了。果然，两年后，他东山再起，重握实权。

继而，他又疯狂镇压革命，迫使清帝退位，当上了中华民国大总统，后又称帝。所以，当时外国人又送他一个"皇帝总统"的绰号。

但是他的倒行逆施终于激起全国人民的强烈反对，最后众叛亲离，在人民的声讨中，忧郁而死。

"贿选总统"曹锟

　　曹锟，字仲珊，直隶天津大沽人。他出身贫寒，家有兄弟5人，他排行老三。早年靠贩布为生，但无钱买车，只好将布扛在肩上去卖，因此，有"布贩曹三"的绰号。

　　曹锟性情爽直，年轻时好酒贪杯，经常喝醉了酒便席地而卧，街上的顽童趁机把他的钱偷走，他也不当回事，只是一笑了之。当别人告诉他谁偷

曹锟

了他的钱，他也不去追讨，还说，我喝酒，图一乐耳，别人拿我的钱，也是图一个乐耳。人们因此，又给他起了个"曹三傻子"的绰号。

　　后来，曹锟弃商从军，进了天津北洋武备学堂，毕业后，先在毅军当兵，后投奔了袁世凯，当上了右翼步兵第一营的帮带。据北

洋军阀元老唐绍仪说，曹锟加入北洋军还有一个故事，袁世凯在小站练兵时，一日静坐幕中，忽听外面有卖布的吆喝声，其声宏壮，袁世凯听后觉得此人不同于常人，便让人将他叫进来，此人就是曹锟。袁世凯见其相貌雄伟厚重，便将他留在军中，给予重用，屡屡提拔。后来，有人指出这个故事与曹锟投靠袁世凯的时间有矛盾。对此，唐绍仪曾说，或许是为了说明袁世凯重用曹锟而编撰的，不问此故事是真是假，曹锟在袁世凯手下步步高升却是事实。辛亥革命后，曹锟被袁世凯任命为师长、长江上游警备司令。袁称帝时，授其为虎威将军、一等伯，袁世凯死后，曹任直隶督军，后又兼省长。冯国璋死后，曹锟成了直系的首领。成了直系首领的曹锟，先是通过直皖战争赶走了段祺瑞，随后又通过直奉战争赶走了张作霖，完全控制了北京政府。此时的曹锟已不满足只当一个地方军阀，他想当总统了。

在当时，当总统要通过国会议员选举，而当时支持曹锟当总统的议员不多，还有一些议员不在北京。怎样才能将国会议员聚到一起，并投他一票呢？曹锟采用了贿赂的办法，他明码标价，只要议员参加会议投他一票，就可获得5000元的谢礼，后来为了凑足选举人数，又提出，只要来参加会议就可获得这份谢礼，这一招还真灵。曹锟真的通过了选举，当上了大总统，贿选成功。为此，曹锟花去了1300万，这也成了中国近代史上的一段丑闻。曹锟也因此获得了"贿选总统"的绰号。可好景不长，仅仅一年，曹锟就被发动"北京政变"的冯玉祥赶下了台，软禁在中南海延庆楼。曹锟被赶下台交出大总统印信时，曾伤心地看着印信说："为了你我花了1300万，花了1300万大洋啊！"

后来，曹锟被冯玉祥的部将鹿钟麟释放，被释放后的曹锟投奔了吴佩孚，吴佩孚被国民革命军击败后，曹锟避入天津闲居。

曹锟的晚节尚好，日军占领天津后，要他出来任伪职，他严词拒绝。当他听到台儿庄大捷的消息后，非常高兴，对女儿说："台儿庄大胜之后，希望国军能乘胜收复失地，我虽不可见，亦可瞑目。"为此，曹锟死后，国民政府追赠他为陆军一级上将。

亦官亦盗的"马桶将军"王怀庆

民国初期，军阀混战时，有一个叫王怀庆的将领，是袁世凯的心腹，与曹锟、张勋、张作霖也有交往，在当时也是赫赫有名的人物。

王怀庆肠胃不好，时时离不开马桶，就是办公的时候也要坐马桶。为此，他让人做了一个高级雕花马桶，平时就坐在马桶上办公，办公大便两不误。如遇行军打仗，则让挑夫挑着，紧随其后，以备随时使用。为此，人们给他起了一个"马桶将军"的绰号，还有人叫他"王拉"。

这位"马桶将军"极其迷信。选驻地，看风水；出兵作战，选吉日。

袁世凯死后，王怀庆投靠了徐世昌，得到重用。任命他为热河都统，兼任京畿卫戍总司令，这个职务，按理应到承德赴任，但王怀庆迟迟不愿前往。后来，徐世昌几经打听才知道，原来，王怀庆是忌讳承德一座山的山名。此山俗名"棒槌山"，又称"磬槌山"。王怀庆认为"磬"与他的"庆"同音，磬槌山的"磬槌"有棒槌击磬（庆）之意，而且当地又有"棒槌打磬"的民谚，王怀庆认为不吉利，所以不愿意去。

后来，王怀庆又投靠了曹锟。曹锟贿选大总统时，王怀庆献给他烟土八千两，还派军队包围会场，胁迫议员必须选曹锟为大总统。曹锟当选后，授予他靖武上将军名号。

1924年，第二次直奉战争时，王怀庆为第二军总司令。当奉军突击朝阳寺时，与第一军交战激烈，需要王怀庆的第二军前去支援，可他却按兵不动，原因是他出兵要择吉日，而这次一连几日都没有好日子。

亦官亦盗的"马桶将军"王欢庆

后来，选了八月十九日出兵。出兵那天，本应从前门出发，他却选了德胜门。而且还选了个叫王得胜的军官在德胜门迎接。当他到德胜门时，这位军官高呼，"王得胜迎接将军"，王怀庆听了非常高兴，这才带兵出发。

王怀庆非常贪婪，他在东三省为官时，卖官鬻爵，营私舞弊，搜刮民财，无所不为。当时民间有"要做官，找懋宣"民谣。懋宣是王怀庆的字。

王怀庆敛财不择手段，连亦官亦盗的方法也用上了。1921年秋，北京颐和园失窃，园中价值连城的古玉、古器、字画、钟表等被盗。身为京畿卫戍总司令的王怀庆亲自抓此大案。不久，案子告破，要犯被抓，失物被追回，颇受舆论好评。但不久，颐和园管理人员发现，追回的失物尽是赝品。原来，这是王怀庆搞的狸猫换太子的把戏。后来，这些失窃的国宝便陆续出现在王怀庆的家中。另外，他还借机盗走了承德清室行宫中的不少珍宝。王怀庆将这些珍宝深藏家中，轻易不漏。一次，他的一位好友见到后，建议他趁价高可以卖掉一点。王怀庆讲，要留给孩子，不能卖，还说这些珍宝越放越值钱。可没想到，还没来得及传给孩子，就被日寇洗劫一空。对此，王怀庆心痛之极，精神受到刺激，一天到晚重复着"有哉有灾，无哉无灾"这句话。有人说，这应该是这位"马桶将军"作恶多端，亦官亦盗的报应了。

"三不知将军"张宗昌

张宗昌，绿林出身，后投机革命，先后投靠冯国璋、曹锟、张作霖，发达时，曾拥兵数十万。

1925 年，张宗昌当上了山东军务督办，成了山东的土皇帝。为了巩固自己的地位，他在军队和地方大量安排自己的亲属和亲信。上至省长、厅长、军长、师长，下至走卒爪牙，大都变成了他的亲戚、族人和同乡。他的省长印信和督办印信则分别由他宠爱的两个姨太太监护和掌握。张宗昌是山东掖县祝家村人。当时的军需处处长、承启处处长、青岛防守司令、烟台警察厅厅长、六十九师的三个旅长，都是张宗昌祝家村的同乡。所以，当时流传有："会讲掖县话，就把马刀挂""学会掖县腔，能把师长当"的民谚。

张宗昌在山东横征暴敛，拼命地搜刮民脂民膏，山东百姓怨声载道，百姓有一个顺口溜："张督办，坐济南，也要银子也要钱，鸡纳税来狗纳捐，谁要不服把眼剜。"

张宗昌还在山东大搞尊孔读经，一时间把整个山东搞得乌烟瘴气。

1932 年，张宗昌在济南火车站被刺杀。死后，张的秘书出大洋 50 圆，请人抬走张宗昌的尸体，围观的群众无一人愿意抬。为他买棺材时，全城棺材铺都不肯出售，足见人们对他的痛恨程度。

张宗昌有许多绰号，最有名的是"狗肉将军"和"三不知将军"。

关于"狗肉将军"绰号的来历，有两种说法。一说，有一次，张宗昌阅兵时，突然窜出一条狗，咬破了他的皮靴，还咬了他的马。张宗昌

张宗昌是民国时期的军阀，绰号很多，最有名的是"三不知将军"。

大怒。下令全城打狗，吃狗肉。于是有了"狗肉将军"的绰号。一说，张宗昌嗜赌，当地人称玩骨牌九叫"吃狗肉"，张宗昌赌博时常耍无赖，参赌的人多是他的部下，不敢得罪他，只好背地里骂他是"狗肉将军"。

"三不知将军"是指他一不知自己有多少兵，二不知自己有多少钱，三不知自己有多少老婆。他的兵太乱太杂，有招募的，有收编的，还有投降的外国兵；他的钱有抢来的，有骗来的，而且公私不分；他的老婆有正式的，非正式的，有长期的，短期的。以上三项，他自己常常说不清。据说，1931 年，张宗昌在北京府第宴请新闻界人士，到席的女主人竟有 25 人之多。张宗昌死后 3 年，济南大观园还有一位名伶自称是张宗昌的第 27 位姨太太。

鲁迅在他的《在现代中国的孔夫子》一文中就提到了这位"三不知将军"，文中写道："钻进山东，连自己也数不清金钱和兵丁和姨太太的数目了的张宗昌将军……"足见这个绰号流传之广了。